博文兄嫂

王子敏勇

告白與批評

李敏勇

序說 與阿笠談詩

寫下這個標題，一九七〇年代謝里法的《與阿笠談美術》浮現眼前。那是與《日據時代臺灣美術運動史》齊名的謝著另一本書。一九七〇年代，鄉土文學論戰前後，許多臺灣的文藝青年愛不釋手的書。經過五十多年，謝里法的文筆跨越到小說，一樣好看。

謝里法是對臺灣美術史著力甚深的畫家，彩筆加上文筆，讓他不只跨越繪畫與評論，簡直跨越美術與文學。每次看到他，戴著帽子匆匆走過眼前的形影，有時就近能打招呼，有時只能看望他消逝。一九八七年夏天，我和妻子麗明、詩人鄭烱明、音樂家簡上仁的美國之行，在紐約時，謝里法陪我們夫婦逛街、一起吃迴轉壽司的回憶，轉眼將近三十年了。

回到主題，來談詩吧！就像謝里法談美術一樣，稱呼你「阿笠」，是因為你對《笠》懷有期望，是一個在臺灣這塊土地成長的文學青年。你喜歡詩，也寫詩——這也讓我想到自己，一個在五十多年前開始在《笠》發表詩作的青年。

當年的我與現在我，讓我想像現在的你和我。我不認為我與你談詩會像里爾克《給青年詩人的十二封信》一樣深刻、細膩，；也不認為會像祕魯小說家尤薩《給青年小說家的信》一樣精深、博大。我只想試著與一位年輕的愛詩人，寫詩者，並與想像中年輕的自己對話。

一九六九年，我出版第一本收錄了詩和散文的書，我一直認為是青春過敏性煩惱，也就是一般所謂強說愁的詩作和散文作品。因為年輕時代的熱情以及生活感思，以分行的形式，留下的練習曲。在那時期，我是沒有社會意識的歷史意識的。

那時，我已加入《笠》，但第一本書收錄的詩作，只有極少數幾首發表在這個詩刊，其他發表在《創世紀》、《南北笛》與報紙副刊。對於詩是什麼？為什麼寫詩？都只是模模糊糊的認識。但我那時嗜讀文學書、哲學與社會學書，喜歡在思考與想像的世界馳騁，書店和圖書館的詩書和文學刊物也是我獵讀的精神食糧。

還沒有加入《笠》的時候，六〇年代的臺灣「中國現代詩」氛圍，是我面對的詩風景。從中國的新詩運動，現代詩運動到臺灣的中國性新詩運動、現代詩運動，在反共的國策宰制下，內向化和晦澀化成為潮流，詩人們在高蹈的象牙塔鍛鍊文字。

加入《笠》，首先的體認就是不完全服膺文化和政治體制的「在野詩人群」，以獨特的臺灣性所支撐的詩領土。跨越語言一代的詩人們，他們在自己的土地上成為邊緣性的存在。吳瀛濤對民俗的研究比詩更投入；陳千武、詹冰、羅浪、張彥勳在《笠》像是重新登場；陳秀喜和杜潘芳格也都是重新發聲的名字；林亨泰，因為參與紀弦在《現代詩》主持的「現代派」運動，以理論提供了貢獻，而有獨特的地位；錦連雖然也加盟「現代派」，但較遁逸，並沒有林亨泰一樣的地位；白萩在當時的詩壇也有地位，他不屬於跨越語言一代，而是早慧詩人。在《笠》的社群，林亨泰和白萩，有別於其他同世代的同仁。

我的臺灣意識來自出生成長於島嶼南方的土地根源，但文化意識的形塑卻從加入《笠》，接觸以跨越語言一代詩人們為主的創辦人群開始——他們懷抱著詩的熱情，卻因為國家轉換和語文轉換而備感艱辛。通行中文以「國語」的姿態卑視著戰後才學習新語言的臺灣詩人們，他們那時候大約四十歲多一些的年齡，在其他國家，特別是日本，正是站上文學舞台的一代，他們卻面臨瘖啞的處境。雙重的困厄磨礪著他們的詩人之路。

美術和音樂也一樣，但詩畢竟以文字表述，面對的不僅是政治困境，更是語言文字的障礙。我看到《笠》的跨越語言一代詩人們比美術家、音樂家更為艱難的藝術之路，但他們也比美術家和音樂家刻劃了更多現實與社會的印痕。

加入《笠》以後，我在這樣的園地發表作品，也在這樣的園地吸收養分。許多發表於《笠》的詩與詩論，特別是譯介自其他語言的聲音，大大開啟了我的眼界。認真吸收這些養分，也虛心學習前輩詩人們的文學教養，體認到詩人與詩的形式和內容條件，對自己的認識論和教養性有莫大的啟發。

我常常自喻出版了《雲的語言》——我的第一本詩和散文合集後，我才在〈遺物〉這首作品感應到自己走上詩人之路，就是這樣的意思。從青春過敏性煩惱的表現到意識到自己是一個詩人，是我在《笠》的歷程踏出的步伐。這樣的步伐仍然是我正走著的步伐。四十多年了，在一邊跌倒一邊發現的經驗中，我尋覓著詩，探索著詩，並體認到詩之為詩是有其嚴肅、深刻意義的。

你問我《笠》的事情，問我在《笠》的經歷，也問我有關詩的種種問題，讓我回想自己走過的路，也回想在那些路途上的人、事、物。環繞著詩的層層記憶浮現在我的腦海。我在這些浮現的記憶裡，重新面對一個臺灣詩人成長的歷程，這樣的歷程也許會提供你尋覓的視野，在你走向自己詩人之路的歷程，帶給你一些鑑照的光。

目錄

Ⅲ 《笠》的見證．詩史的課題

Ⅳ世界詩的視野

·附錄

I

詩人畢竟是孤獨的

漂流，定置；瘖啞，發聲

台灣的特殊歷史構造，以一九四五年二次世界大戰結束為界，之前五十年的日本殖民統治，以及之後國民黨中國的類殖民統治。因意義上進入後殖民時代。但作為一個主權獨立國家，仍然因為憲法來自中國，而未臻完全。雖然台灣本土形成的政黨曾經在二〇〇〇年贏得總統大選，且在二〇〇四年連任期間，曾致力宣示台灣與中國，一邊一國。

跨越日本與國民黨的政治歷程，反映在文化上的是從日本語到漢字中文的語言轉換歷史。其中，並隱含著國民黨據台統治初期的二二八事件——發生於一九四七年的反抗與血腥屠殺；以及一九五〇年的白色恐怖——以反共為名，對付紅色異議份子的政治壓迫。一直到一九八七年才解除的戒嚴統治，曾長期宰制知識份子、文化人的心靈。

台灣的詩人在國度轉變、語言轉換的歷史，面對政治與文化困厄，詩史的描述和精神史的描述都面臨必須撥開表層，深入觀照的考驗。長期的國策文學驅使下，詩史和文學史一樣，有意義的探觸必須經由清洗歷史的污垢，才能窺見真貌。當下以台灣為名的詩史，經由詩選的採樣大多未能充分顯現台灣的真貌，常常受囿於在台灣的中國視野。

《浮標》這本詩選，嘗試以台灣性、現代性為座標，兼顧藝術與社會的視野，純粹與參與的風格，選編「笠」——二十位詩人的詩，以漢英對照方式呈現台灣戰後的某種風貌。「笠」是戰後台灣現代詩傳統的兩個球根：「日治時代以日本語發展的現代詩傳統」以及「隨國民黨中國傳入的中國新詩運動傳統」之一，在戒戰長期化時代立基於本土，被統治權力的文化國策壓制，困厄中發展出來的聲音。

陳千武、杜潘芳格、錦連，屬於跨越日本語到漢字中文的一代，他們在二戰結束前以青年之姿尋覓詩歌之路，但隨即在政治變動、文化變遷中，經歷瘖瘂的苦悶，仍然奮力發聲，為存在的實感留下見證。

幾百年來　從遙遠的彼岸駕船渡來此岸
就窺測不到彼岸的陋習
只有鄉愁——愛與恨交錯的惦念
受到彼岸的威脅　波蕩不安——疑心生暗鬼
NO，諾！台灣海峽　仍然一望無際……

——〈海峽〉陳千武

春晨　我在睡醒的枕上輕輕撫摸嘴唇
撫摸著今天還沒有語言來找的嘴唇

——〈唇〉杜潘芳格

被綑綁得透不過氣的地殼
從深處的內部隨時要裂開
要迸出一股悲憤的岩漿

——〈沒有麻雀的風景〉錦　連

哀愁、苦悶、掙扎、追尋，從這一世代詩人的行句裡透露出來。歷史的陰影，現實的陰影。儘管如此，詩人的隱忍叫喊中仍然有光，有意義的光。

趙天儀、非馬、白萩、李魁賢、岩上、杜國清、許達然，都是戰前出生，童年時代經歷太平洋戰爭，終戰後在轉換的國度成長的戰中世代，處於歷史的接點的一代。但是背負著曾經被日本殖民統治的歷史，在自己的土地上仍然不得不面對邊緣性處境。

倘若我是一顆石頭
沈入你的心底，怎麼沒有反應
倘若我是一句呼喚
震撼你的胸膛，怎麼沒有回音

——〈倘若〉趙天儀

今夜凶險的海面
必有破爛的難民船
鬼魂般出現

——〈今夜凶險的海面〉非　馬

半夜我被一聲巨響驚醒
天空高遠而星嘲笑
我是一點塵埃
在大地的懷裡仆倒地哭泣

——〈塵埃〉白　萩

堅持一直的信念
無手無袖
單足獨立我的本土
風來也不會舞蹈搖擺

——〈檳榔樹〉李魁賢

我總想知道
自己的宿命星在甚麼位置
有否閃爍燦然的光輝

——〈星的位置〉岩上

詩人是齒輪間的砂礫
時時發出不快的噪音

——〈詩人〉杜國清

冷，靜起的
火是熱情的聲音
燃燒，嚷成灰燼

——〈反調〉許達然

成長於戰後的這一世代台灣詩人，逐漸在發聲學上建構自己的位置，語言的出口沒有被堵塞的困頓。但面對的也是長期的戒嚴統治，民主發展不全症候的困擾。非馬、杜國清、許達然赴美留學後，留在太平洋彼岸的國度，在科學、文學和歷史學界存在，更以譯介歐美詩與詩篇豐富台灣詩壇；而趙天儀在哲學，李魁賢在化工，各有進展，亦譯介外國詩歌；白萩比前行代台灣詩人更早在戰後漢字中文詩壇建立聲譽，詩藝出色；而岩上的素樸性，反映了本土的形色。

從困厄中立足，在這一世代台灣詩人的作品裡，有信念的堅持，有光輝的閃爍，有發出不快噪音的自覺、有嚷成灰燼的燃燒之火，有石頭的呼喚，也有破爛難民船鬼魂般出現的驚覺，仆倒在大地懷裡的哭泣。

曾貴海、李敏勇、陳明台、鄭烱明、莫渝、江自得，是典型的戰後世代台灣詩人。出生於台灣的國度已經從被日本殖民統治轉換成國民黨中國類殖民統治時代，在漢字中文的語言情境中成長，也交集著台灣話語的生活況味。在「笠」的父母輩、兄姊輩傳承了本土與世界的詩傳統養分，但也更昂然地踏出腳步。

看不見人影
抖縮在屋角的
狗
無可選擇地
向四週深遠的幽暗
反擊

——〈荒村夜吠〉曾貴海

從水平線透露的光照耀日昇之屋
福爾摩沙依然在海的懷抱裡
釀造夢想
地平線上
她的子民共同呼喚

台灣的名字

──〈在世紀之橋的禱詞〉李敏勇

飄在風中茫然的打顫的旗幟
緊緊地握在死去的少年的手中的旗幟

──〈月〉陳明台

這時，所有的希望
會化做一隻不死的鳥

──〈旅程〉鄭烱明

清晨，拉開布幔
準備歡迎欣然的陽光

──〈凝窗的露水〉莫　渝

一種聲音

在內心不停地叫喊

——〈心臟移植〉江自得

這一個世代的詩人更為積極地介入社會。曾貴海、江自得、鄭烱明三位醫生詩人，在詩與醫療、詩與社會的多重領域實踐；陳明台在學界，也為台灣與日本的詩交流努力；莫渝提供法國詩的視野；李敏勇譯讀了世界詩，也積極參與社會改革，應許一個更自由、美麗的國度。

更勇敢的發出台灣的聲音，更積極追尋真實國家的建構，意志和感情流露在詩行，也顯示在行動。

陳鴻森、郭成義、陳坤崙、利玉芳是一九五〇年代出生的詩人，他們或早或晚在「笠」的園地登場，都執著於島嶼風土的根源性。

流連中國海的魚群
倉皇奔竄，在那被劫掠的海峽
思索著「祖國」的意義

——〈漁火吟〉陳鴻森

在仰望雨露的花瓣上
我夜夜不休的織著
幾絲纖長而浪漫的夢
竟越來越深了

——〈雨夜花〉郭成義

裝在壺中的水
被熊熊的烈火煮著
滾過來滾過去
想逃跑
四面是堅硬的鐵牆

——〈壺中水〉陳坤崙

請用您靈犀的臂力
純熟的耕技

輕輕地牽動
繫在我鼻上的繩

——〈牛〉利玉芳

更新的戰後世代台灣詩人，「笠」系譜裡更靈活、自由的一代。陳鴻森是一個經史研究者，以古鑑今，以喻引喻；郭成義的新聞界生活體驗、世事閱歷，交織在詩裡的機智；陳坤崙既為出版人，亦為社會運動參與者，對微末事物的同情；利玉芳的女性思維，立足於大地的胸懷，延伸了歷史的國土，開拓了地理的視野。

以二十位台灣詩人作品形塑的詩情與詩想，詩意地呈現了一個在太平洋西南海域飄搖的國度的心境與風景。這個仍然在尋覓著自己國家之路的島嶼國度，正從歷史的悲情暗夜走向光明的自由之路，像浮標一樣的島嶼正在為定置自己的國家努力著。

告白和批評

我的詩集《自白書》（玉山社，2009年），以一首詩〈自白書〉為序，並以〈備忘錄〉這首詩為跋。這本詩集收錄的是一九九七年到二〇〇八年之間的作品，大約六十首。細數一下，十年間的作品，並不多。與自己期許的，大約五年出一本詩集，是有差距的。

從一九八七年，我決意稍稍放下企業職場的心力，轉而以寫作為重。之後，我累積的著編書比起以前，其實要多得多。八十本左右的書，其中的五十本是以作了這種決意以後才有的。而且，這段時間，我不只寫作，也包含了對自己許諾的一九八七—二〇〇七；二十年的文化與社會運動事務的介入。這時期，我不只寫詩，更多的時間在譯詩與解說隨筆的投入；也在文化與社會評論，應允了許多專欄的書寫。有陣子，我每週有四到五個不同性質的專欄。比起以寫作維生的作家，工作份量不減。

這段時期，我在《笠》發表的作品很少。只在林盛彬執編的時候，我確實實現了承諾在他主持編務時每期一篇專欄。不過，這也是比較後期的事。記得，在這之前，我曾在《笠》

發表〈給同人的一封信〉，稍稍提及一些信念的堅持，以及某些詩人行止的課題。這是在省思自己一九七〇年代到一九八〇年代的二十年間，積極地介入《笠》事務，努力期許《笠》在我們的土地上，在我們的時代裡，承顯出藝術與社會的光輝，以及隨著歷史進程變化的一些感觸而流露的話語。公開信是在岩上主編時期發表的。只是不知道在同人的心中有什麼回應？

寫詩，其實是孤獨的。要能夠持續去這條路行走，必須有所體認。比起政治領域，比起經濟場域，詩的權力和利益是不存在的。因為，詩是為了意義和美。但是，不免又讓人感覺到權力和利益的滲透，而讓人不快的違和感。特別是，在我們的國度，文學領域並不真正社會對話的條件——文學人不易對政治發出干預的聲音，而是俯首之後，充塞著惡品質與反教養。有些朋友，看破這條路追尋的意義與價值，放手了。

我的朋友
以一本詩集為誌
結束詩人生涯

他說

有些詩人
讓他感到羞恥
他的感想和我一樣
但我選擇
繼續寫詩的道路

這是〈自白書〉前三節的詩句。我為什麼沒有放棄寫詩？在〈自白書〉的行句裡，有我的告白和批評。不只〈自白書〉，我一直以來都有詩作探觸到詩之為詩，詩人之為詩人的課題。我的這些探觸，發言位置是個人性的。對照我在積極介入《笠》編務與社務的一九七〇年代，一九八〇年代。那時期，我嘗試為《笠》發言。有心的朋友們在探察詩史時，應該不難從我當時的「卷頭言」和「編輯手記」看出來。

我也曾經對詩這條路感到困惑。不，應該說是對台灣的詩壇，而不是對詩。我沒有發表詩的時候，大多在閱讀。譯讀二戰以後的世界詩，是我持續走在詩這條路的動力。曾經在《笠》的前輩、同輩得到營養、獲得能量的找，後來從汲取世界詩的營養，世界詩人的教益，而能有所精進。

對於「戰後詩」，我一直是有所凝視的。陳千武曾經在一九六〇代末，於日譯本《華麗島詩集》序，以〈台灣戰後詩的歷史和詩人們〉，嘗試為台灣詩史描繪異於流亡中國的詩視野。一九七〇年代，我曾以〈日本殖民傳統與太平洋戰爭經驗〉、〈接點上的詩人們〉、〈戰後世代的夢與現實〉為跨越語言一代的台灣詩人，日治時期出土，成長於戰後中國語環境的台灣詩人，以及戰後出生台灣詩人、建構系譜。這是《笠》的世代像和時代像的建構，必須有更多的論述，也要有更多的實踐。

這樣的努力，不知不覺間已在歷史的進程中成為過去了。有時候，我驀然回首，不免有所感觸。《笠》在我們的土地，在我們的時代，復權了嗎？如果有，在哪裡？如果沒有，又，為什麼？要有問題意識才行！不是只寫像詩的東西！也不是只徒然行走在詩這條路！

在那衝撞的時代，有我驀然回首的形影。一九七〇年代，我三十多歲；一九八〇年代，我四十多歲。那樣的時代，生的氣息洋溢。那樣的時代，我應該不會有〈詩的告別式〉這樣的詩。

詩人見報了
是一則訃聞

終結一生的行句
以散文的形式
而他自己的悼詞
掩藏在詩集裡

靜默無聲
一張照片
……

——〈詩的告別式〉

這是二〇一〇年二月四日發表於《人間副刊》的作品。之後，陸續又有幾位詩友辭世。比我年長的，我相同年歲的，晚於我年歲的詩友。死亡的訊息令人感傷。這首不指涉對象的掉亡詩，不只為詩人，也是為在我們時代在我們社會的感覺。

二〇一〇年我發表了下列作品：

〈詩的告別式〉 →《人間副刊》2010.2.4

〈卡爾・馬克斯〉 →《自由副刊》2010.1.5

〈南國冰雪的童話〉 →《自由副刊》2010.2.10

1. 一個春天的童話 1947

2. 一個冬天的童話 1979

3. 又一個春天的童話 1980

〈在小小書房〉 →《聯合副刊》2010.2.20

〈書店有河〉 →《聯合副刊》2010.7.3

〈流亡的詩人〉 →《自由副刊》2010.8.9

〈秋日十行〉 →《聯合副刊》2010.10.19

以這些作品為誌，我在自己的詩史年表裡，留下 2010 年的註記。這些註記，交織在我詩作以外的篇章裡。這一年，我出版了下列書：

《遠方的信使》 →圓神，2010.1

《文化窗景與歷史鏡像》 →允晨，2010.4

《亂髮》 →圓神，2010.4

《暗房》 →春暉，2010.12

《寄給你的30張明信片》 →春暉，2010.12

為《遠方的信使》這本書，二〇一〇年春，我在台北、台中、台南、高雄、屏東、台東的誠品書店，有「願為你朗讀」的活動，與各地的朋友，讀者交會。《詩的信使》這本有關我的傳記書，在蔡佩君筆下完成，於典藏藝術家庭出版，也是二〇一〇年的事。

此外，我的台語詩〈變色e風景〉、〈佮星e對話〉，分別由游博能與高竹嵐兩位年輕的作曲家完成譜曲，並在國家音樂廳由蘇慶俊指揮福爾摩沙合唱團演唱，成為我詞曲合作音樂作品大約三十首的最新歌曲。我的台語詩作大都在音樂作品裡呈現，某種程度也是我台語詩作的面向，包括一九九六年，在上揚唱片出版的CD朗讀詩集《一個台灣詩人的心聲告白》。

《笠》從一九六四年發刊迄今，歷經多重時代，多重世代努力發展，在戰後台灣詩史有自己的投影。從抵抗的時代，走到自我批評的時代，是發展的必然。檢視時代像和世代像的風景，是能夠體察詩史中《笠》的位置的。不能只有詩史的集慮，只有位置的焦慮。我常常向一些《笠》的同人說：好的詩也許會因為傳播條件而被忽略，但，不好的詩終會被淘汰的！持有這樣的信念，就能夠走長長的路。

語言之翼，傳遠南方國度的聲音

韓譯《台灣詩人李敏勇詩選100》，在金尚浩教授的推動下，要在韓國出版，與愛詩的異國讀者對話。這是自一九七〇年代，我的詩陸續被零星譯介為韓文，刊載於選集，之後的一次較為完整的呈現。

我曾於一九八八年的「第三屆亞洲詩人會議」（台灣，台中），宣讀〈穿越亞洲歷史的光與影〉論文，引述過韓國詩人咸東鮮、金惠淑的詩，探觸二戰前被日本殖民與二戰後民主化運動的台灣與韓國共同經驗，認為「從詩人的志業裡所追求的超越國境和洲界的人類愛，才是真正能貢獻亞洲發展的精神指標。這種精神指標就是透過文化，對國家，民族意義的不斷辯證和努力做符合人類和平與福祉的實踐。」這麼多年來，我這樣的信念仍然存在。

因為台灣與韓國、日本的詩人，曾在一九八〇年代經由「亞洲詩人會議」與《亞洲現代詩集》輪流在三個國家舉行會議，出版各國語文對譯詩選，我有機會認識韓國的詩人們，並在詩法中得到啟諭。在《經由一顆溫柔的心》這本台灣、日本、韓國詩散步，各以二十首詩呈顯闡述新東亞的心的選集裡，我經由英譯資料譯介，並探索了柳致環、朴木月、金洙暎、盧天命、趙芝薰、金春洙、鄭漢模、洪允淑、文德守、金光林、李炯基、高銀、朴在森、金后蘭、黃東奎、金芝河、吳世榮、朴堤千、許炯萬、姜恩喬共二十位韓國詩人的詩，進行了奇妙的心靈交流。

作為一個戰後世代的台灣詩人，我既傳承了戰前日本殖民統治時期台灣詩的歷史意識、現實意識；也在戰後台灣的政治彈壓與民主化經驗中體會詩人的藝術與社會責任。從一九六九年出版了第一本詩集，坦露了青春過敏的煩惱之後，我的詩面向交織在個人與社會、抵抗與自我批評、純粹與介入之間。從一九七〇年代、一九八〇年代、一九九〇年代到二〇〇〇年代，進入二〇一〇年代，巡梭著現實地圖和心靈地圖，尋覓著意義之花。這些在不同年代的詩集裡的作品，原只與自己國度的漢語閱讀者對話的。經由韓譯與韓國的韓文閱讀者交流，是一種意外的驚喜。

我的一首作品〈從有鐵柵的窗〉引用了韓國詩人柳致環作品〈旗〉的行句：「唉！沒人能告訴我嗎？／究竟是誰？是誰首先想到／把悲哀的心掛在那麼高的天空？」那是一九八一年，台灣仍在戒嚴時期；韓國在當時也處於軍事政權統治。從韓國詩經驗，我諦聽到這個北方國度的聲音；我也期待：我們這個南方國度的聲音，能被韓國的詩人們聽見。

韓民族分裂，烙印在韓國詩人作品裡的傷痕，對照著戰後台灣未解決的國家存在論愴傷。台灣的詩人，在告白與批評的詩語裡，見證著我們的時代。我希望我的詩作為見證，能夠在韓國被閱讀。

金尚浩教授在大學時代，就因為他父親詩人金光林的關係，而與包括我在內的許多台灣詩人相識。他在台灣攻讀研究所，取得博士學位後在台灣的學院任教，不只成為台灣詩的研究者，更扮演了台灣和韓國詩交流的推動角色。他譯介的《半島的疼痛：——韓國詩人金光林詩選100》，在台灣出版。金氏父子在台灣詩壇成為有意思的存在，傳為佳話。

謝謝金尚浩教授的譯介，讓我的詩在韓國能夠較為完整地呈現出來。希望這些來自南方國度的聲音能夠感動韓國的閱讀者心靈，並且與韓國的詩人朋友交會，共同經由心靈的飛翔，穿越亞洲歷史的光與影。

我的這樣墾拓的

——紀念一段文學人生並印記詩的行跡

一九八七到二〇〇七，是我人生的第三個二十年。

這二十年，起於我應邀到美國、加拿大出席北美洲台灣文學研究會年會，參加旅美台灣社團夏令活動；以及出任《台灣文藝》社長，參與籌備台灣筆會及擔任秘書長；而結束於我得到國家文藝獎。

從四十歲到六十歲之齡，可以說在我人生的壯年時代。從出版詩集《雲的語言》、小詩選《暗房》，短篇小說集《情事》，編選詩集《旅途》、《情念》、《憧憬》，大約六本書，到獲頒國家文藝獎時，已有包括詩集，譯詩集，譯讀詩文集，評論隨筆集，編選詩文集，大約五十冊。歌樂作品也從一首而三十首左右。

精確地說，包含在四十歲到六十歲之齡出版的詩集《鎮魂歌》、《野生思考》、《戒嚴風景》，是四十歲以前發表詩作的結集，延遲到後來才出版。這三本詩集，曾以小說選

《暗房》先出版，約略呈顯我詩作的原型。從有些評者喜以〈遺物〉和〈暗房〉談我的詩，忽略其他，可以想見。

一九八七年暑夏，在美加的一個月行程，在我文學之路有關鍵性的意義。因為在美國時，台灣傳來解除戒嚴，當時仍流亡美國的波蘭詩人米洛舒詩〈禮物〉，讓我感觸良多。思考戰後台灣的國家之路，我決定把詩與文學的志業放在比自己職業更重的天平上。我給自己第三個人生二十年更多文學與詩的墾拓責任，而且願意在社會介入方面投入更多心力。

儘管我仍不欲以寫作維生而棲身在企業裡，但這二十年，我在社會介入方面，包括台灣人權促進會執委，四七社社務，台灣和平基金會董事長，鄭南榕基金會董事長，現代學術研究基金會董事長；文學事務，出任台灣筆會會長，文學台灣雜誌編輯顧問及基金會董事。以三等份分配在職務、寫作及社會事務的參與，並且在報紙和雜誌的專欄發表論述和評介。最忙碌時期，每星期有四到五篇專欄稿件要發表，幾乎每天都振筆疾書，在認識，思考與批評的言語範疇墾拓。我以二十年為期，應允自己的投入與參與。因為自六十歲以後，我要較為自在地在著述之路追尋，再為第四個二十年，墾拓詩與文學之花。

回顧一九八七到二〇〇七的文學人生與詩的行跡，仍然有許多已發表但未結集的篇章。我把一部份選輯《詩之志》和《文學心》，以兩本書的方式呈現。《文學心》分為「文學的抵抗」，「詩的散步，心的旅行」，「在美利堅、加拿大的土地上」；《詩之志》，分為「詩是為了什麼？」」，「詩人的視野」，「為了藝術與美」。

回首彷彿我足跡的這些篇章，在我繼續墾拓的路程裡，就像印記在心版的形影，提示著我前行的方向，以明暗之喻引示著我的腳步。似乎是我一本被書寫的詩傳記《詩的信使——李敏勇》書背的行句提示：「一個揹著詩之行囊的人——他，凝視著週遭；溫柔是理解，嚴厲是堅持，傳遞著一首又一首的備忘錄；是心底的歌，也是眼中所望出去的夢」。

《詩的信使——李敏勇》是蔡佩君描述我文學人生與詩行跡的一本書（台北，典藏，2010），這本書對我的描繪出與刻劃，既廣泛又深入。「詩的信使」和「市民詩人」的稱謂，觸柔到我內心深處，觸動我的文學與詩心靈。大學修習政治，研究所研讀文學的蔡佩君，是一個細心的閱讀人，她是我一首〈詩之為詩〉所指的探索者。

不寫時
詩在心裡
跳動
在血管
流轉

下筆
死去的生命
在紙頁
復活

細心的閱讀人
知道
怎樣在語字裡
探索

——〈詩之為詩〉（2006）

詩人的語言，在詩的行句被探索，也在詩人其他的行句被探索。《文學心》和《詩之志》是我詩行之外的篇章，與我的詩行相對應，更與我非詩的論述篇章相照應。這些告白與批評，是我文學與詩的人生之路留下的腳印。

巡梭這些腳印，《文學心》裡的「文學的抵抗」，「詩的散步，心的旅行」，是我著譯書的書序；「在美利堅、加拿大的土地上」是我一九八七年的旅行日記；《詩之志》中的「詩是為了什麼？」是一九九八年到二〇〇〇年，我在民眾日報「鄉土・文化」及《文學台灣》專欄的系列篇章；「詩人的視野」是《笠》的卷頭篇章和《文學台灣》的篇章；「為了藝術與美」有一九七〇年代初，我在《笠》詩刊的卷頭言，以及散落在報紙、雜誌的篇章。

凡走過必留下足跡，《文學心》和《詩之志》的篇章是文學人生的紀念，也是詩行跡的印記。在二〇〇七年之後，我又已出版二十本書，在詩的信使與市民詩人的信念裡繼續墾拓以詩為中心，兼及文明批評廣泛領域的論述。願我這些印記的詩的行跡，不只是我文學人生的紀念，也像我的自白書和備忘錄一樣，成為追索我的證言。

從《一個台灣詩人的心聲告白》到《美麗島詩歌》

——我的通行台語詩之路

一九九六年，我的《一個台灣詩人的心聲告白》（上揚有聲出版），以我的朗讀CD配我手寫的詩行，以「詩與音樂的對話」形式，呈現二十一首台語詩。分做「島嶼心境」、「大地之歌」、「現實風景」、「心的對話」、「傾聽溫情」五輯。大體上，是我第一擺表露想欲用通行台語進行詩歌寫作的信物。彼陣，拄好找我去德國漢堡，佇歐台會年會演講。我的題目就是：一個台灣詩人的心聲告白」。大會嘛佇彼推廣我的這本佮這片通行台語CD詩集。會後，我去波鴻魯爾（RUHR——UNIVERSITAT BUCHOM）大學，佇馬漢茂（Dr. Martin）教授主持的台灣文學研究課程佮以我的詩佮散文作研究主題，進行研究論文《認同的探索佇台灣——詩人與批評家李敏勇》（IDENTITATSSUCHE IN TAIWAN——DER DICH THER UND KULTURKRITIKER LI NMINYONG）的研究生晨悟（WASIMHUSSAIN）見面。後來擱佇科隆的德國之聲，接受馬漢茂教授的訪問，佇對亞洲的廣播頻道播放我朗讀的台語詩歌。

我是台灣詩人。雖然我通常用漢字中文書寫，嘛認為漢字佇父母語有某種地位，有時亦會用漢字台文書寫。但是，語言的問題意識存在佇我的腦海，提醒我面對。從「符號」、「工具」、「方法」以及「精神」的層次，佮「認識」、「記錄」、「思考」、「批評」的面向。我注意我的台灣詩人朋友們努力實踐著的「母語」寫作，觀照著其中的光佮影。台灣的無國家歷史以及被殖民經驗，無佇這個島嶼形成語言及文化的主體性。咱的新文學歷史烙印日本語佮中國語（漢字轉化的話文）的形跡，致使語文主體性重建的文化工程，有多重面向：漢字台文、漢羅台文、全羅台文，並嘸是完全是主體性的恢復。

波蘭詩人 C. Milosz（1911~2004）佇伊的詩〈我忠實的母語〉內面的母語論，並無法度真實反映台灣詩人的處境。我多次引述這首詩，講到 C.Milosz 流亡佇美國期間，堅持用波蘭文寫詩（伊嘛用英文寫散文）。我欣羨伊有會得通效命的母語，嘛欽佩這位波蘭詩人對語言祖國的真心。但是，我嘛佇 C. Milosz 講到伊的母語時，看到伊講伊有所懷疑，因為伊認為波蘭語佇共產統治時，變成降格的語言，伊用「告密者的語言」、「迷亂的語言」講伊的母語處境。佇台灣，咱的母語沒這坎墮落現象嗎？共款的政治佮商業公害是不是造成病理？給人感動的是，C. Milosz 講伊是拯救波蘭語的人，伊會努力給伊的母語光耀佮純粹，用災難中需要的秩序佮美。

關於詩人的語言，特別是母語問題。猶太裔的詩人保羅・策蘭（Paul Celan，1920~1970）的情況，是另外一種事例。出世佇前奧匈帝國解體後羅馬尼亞境內的保羅・策蘭，小漢的時受德語教育、羅馬尼亞語教育以及希伯來語教育。後來，伊的家鄉被併入烏克蘭，有一段時間，伊是蘇聯公民。一九四一年，希特勒入侵蘇聯，伊的父母被抓入集中營，伊嘛佇彼強迫勞動。戰後，伊逃亡到維也納，轉往巴黎。用德語寫作，被認為是二次大戰後最重要的歐洲詩人，德語是伊的母語之一，也是迫害伊父母，造成伊人生苦難的語言。

南非小說家庫切（J.M.Coetzee），二〇〇三年諾貝爾文學獎得主，伊講保羅・策蘭的詩是以迫害伊父母的德國人語言書寫的，比起伊的希伯萊文、羅馬尼亞文，更加是伊的表述工具。伊的對德語的信念，反映出一個猶太人的實證觀念，「德語是伊的語言，是一種複雜、爭執和痛苦的語言」。保羅・策蘭以對決的姿勢運用德語。庫切引一位歷史學家的看法，講伊「作一個偉大的德語詩人，擱作一個佇集中營陰影下面成長的年輕中歐猶太人」是太大的負擔，致使伊一九七〇年，五十歲的詩陣投水自殺。佇咱台灣，對決通行中文華語，應該亦存在這個課題。

愛爾蘭詩人葉慈（W.B.Yests）以「英語屬於愛爾蘭，但愛爾蘭不屬於英國」來因應大英帝國殖民留下的語言問題，他的積業發揚愛爾蘭的榮光。除了北愛，愛爾蘭大部分獨立為一個新的國家。本土的愛爾蘭的榮光。本土的蓋爾語和英語通用，但獨立的愛爾蘭佮英語並行干若無矛盾。這是因為國家獨立帶來的自信。拉丁美洲獨立以後，殖民者留落來的西班牙文和葡萄牙文，法語、英語，甚至德語，成為拉丁美洲諸國的通行語文。殖民者在地化成為新國家的國民，殖民語言成為母語。的特殊歷史際遇和情境，交織十字架佮劍的光影。尼加拉瓜詩人魯本・達里歐（Ruben Dario, 1867~1916）是西班牙現代主義詩歌運動奠基者；米絲特拉兒（智利 G. Mistral，1889~1957）、聶魯達（智利，P. Neruda，1904~1972）、帕斯（墨西哥，O. Paz, 1914~1998），分別在一九四六、一九七一、一九九〇得到諾貝爾文學獎，顯現了拉丁美洲詩的榮光。

詩的語言狀況反映歷史際遇和文化情境。台灣詩共款面對這種考驗佮挑戰。無表述文字的原住民語，和有漢字性質的福台語、福客語，以及漢字中文，佇台灣的土地有形成的時序差別，亦有共時性。無共款語族的台灣人，母語無共款。無共款母語的台灣人，攏佇戰前、戰後受殖民統治的語文教育，致使台灣文學呈顯多元、多音交響的狀況。不過，戰後殖民性無真正想欲在地落實，以及累積的專制、壓迫、文化破壞，意圖使通行中文「國語化」，但是國家又擱是殘餘、虛構、他者的中國性質。語言文字的矛盾、衝突存在佇當下的文化現實。佇這款現實中，台灣詩人重建母語的努力顯現複雜的事況，干若佇語文的叢林法則中競鬥。每一個有心的詩人攏有自己的鼓吹，自己的調。

我習慣用漢字台文書寫。相對羅馬字是外來的，漢字無完全是外來的。四百年史所講的，早期的移入者祖先有漢字的傳統，但是世代傳承的台灣人真濟是有唐山公無唐山媽的後代，融合著平埔族血統或原住民血統。真遺憾咱佇台灣的祖先無親像朝鮮佮日本，轉化漢字為朝鮮文字、日本文字，在口語化的語言條件提供了充分的可能性。漢字的台文佇語言方面的侷限造成羅字運用佇通行台語（福台語、福客語、原住民語）的現象。真方便，但是這嘛是大航海時代帝國殖民世界的歷史，講是外來嘛是外來。

詩的語言不只是「符號論」的層次，也是「工具論」、「方法論」，以及「精神論」的層次。特別是「精神論」。詩的精神論有「認識」、「紀錄」、「思考」、「批評」的各種面向。用漢字中文書寫，面對這款的考驗佮挑戰。用任何的語文書寫，攏面對這種課題。從出版《一個台灣詩人的心聲告白》到這陣，已經十六年。陸陸續續我用漢字台文發表一寡詩佮歌。雖然我無參與台語文的書寫團體，我嘛無真濟台語文作品，但是我關心這個面向。想欲出版《美麗島詩歌》是因為這種心情。從原來的二十一首擴大到四十九首，並收錄十八首歌詞。這本通行台語新詩集，共款以「島嶼心境」、「大地之歌」、「現實風景」、「心的對話」、「傾聽溫情」分輯。因為我的通行台語詩的面向猶原共款，但是特別增加「歌謠集」——是我的通行台語歌詩的一擺呈現，這是我佮幾位台灣作曲家合作的作品，透過演出的歌聲傳達我的詩情。

從《一個台灣詩人的心聲告白》到《美麗島詩歌》，嘛是我詩歌書寫旅程的結束。這只是我詩歌之路的一個逗點。不只是通行中文詩歌，也有通行台文詩歌。我詩歌書寫的兩翼：通行中文和通行台文，經由這款的交叉呈現，或將為我的詩之志業譜出我真正的詩之志和文學心。

詩人畢竟是孤獨的

政治畢竟是
權力的幻影
在旗幟飄揚的風景裡
糾纏著光與黑暗
一些物理學的準則
或者說化學
甚至……

不能言說的
數學
盤算著利益的形式

顛覆我們用大寫字母寫公理與正義
用小寫字母寫謊言與壓迫的
哲學
更別說文學了

這是我的一首詩〈一個人孤獨行走〉的兩節行句，是六節四十二行中的十四行。這首詩的詩名，我也用來作為詩集的書名。作為一位詩常常觸及的政治，並曾被評論家、英語文學者吳潛誠（1948-1999）在論介中觸及的一位詩人，這首詩也許是遲來的回覆，緩和了一些我介入的情境。

「李敏勇的詩作常涉及政治，但他並不是只要政治、不要詩的作者，相反地，他是一位對詩之為物持有崇高信念的詩人。」

——詩集《傾斜的島》作品論〈政治陰影籠罩下的詩之景色〉
吳潛誠，一九九三年

「詩究竟應該對事實，直接控訴；抑或訴諸暗喻，沖淡醜惡（招來逃避的指責）？

這是自古以來文學創作者的麻煩課題；政治良心和藝術要求，如何拿捏取捨？李敏勇一向都是勇於介入的詩人，不會有閃避現實沖淡醜惡的嫌疑。……他的問題只剩下以什麼態度來看待他所發現的醜惡。」

——詩集《心的奏鳴曲》序論：〈擦拭歷史、沖淡醜惡以及第三類選擇〉

吳潛誠，一九九九年

熟嫻愛爾蘭文學的吳潛誠在世時，分別引美國詩人羅伯・布萊（Robert Bly, 1926-）在評論文集《美國詩》中：〈躍升進入政治詩〉為我辯護，在一九九〇年代初期我的詩集《傾斜之島》寫了作品論；一九九〇年代末，我的詩集《心的奏鳴曲》，他引愛爾蘭詩人黑倪（Seamus Heaney, 1939-2013）的例子，論述我如何「愈來愈看重如何以藝術技巧來舒緩沉重的擔當」。

的確，在戒嚴時期，我留下的詩集《鎮魂歌》、《野生思考》、《戒嚴風景》、詩選《暗房》，投影了一九七〇年代，一九八〇年代的政治介入光影。甚至到了一九九〇年代初，戒嚴解除了，詩集《傾斜的島》的命名仍然喻示了政治的況味。一直到一九九〇年代末的《心的奏鳴曲》，我才如吳潛誠所說，會贊同黑倪在《語言之管轄》（The Government of the Tongne）所說的，釋放創作脈動，往更高的平面攀升：

「一首詩的完成畢竟是一種釋放的經驗，在那解放的剎那，即抒情尋得其飄逸的齊全，永恆的形式之歡愉臻達圓滿而且徹底，某些與自我辯解和自我抹拭保持等距的事情就發生了。一個平面便——脫逸地——建立，在其中，詩人自己的存在得以強化，並掙脫他的困境。這麼長久以來，在社會領域中，因為圓融忠誠的考慮，因為善意地屈從於一己所由出的少數或多數族裔，語言受到管轄，這語言現在突然不受管轄了，它獲得通道，進入一種不受束縛的狀況，雖則實際上未必有效，但不必然不靈光。」

吳潛誠未及走進二十一世紀，離開人世。我的詩集《自白書》在他過世近十年出版，沒有序論與作品論，只以自己的一首同書名詩《自白書》為序詩；並以〈備忘錄〉為跋詩。

為了詩
我顫慄的舌尖
在意義的黑夜觸探

這樣的想法
有時候
讓我難為情

我害怕
現實的陷阱
道德的怯懦

孤獨地仰望星星
面對廣漠世界
我也將求慰藉

詩人應許的國度
以樹葉和花繪成旗幟
號角吹出的奏鳴曲代替征戰之歌

——〈自白書〉

因季節的嬗遞憂傷
因歡喜而落淚
愛惜每一個字
為言語剪裁合適的衣裳

——〈備忘錄〉

《自白書》出版後，我又出版了通行台語詩集《美麗島詩歌》（2012年）。在序說〈從《一個台灣詩人的心聲告白》到《美麗島詩歌》〉，我嘗試以「符號論」、「工具論」、「方法論」、「精神論」四個層次談論通行台語也面臨的問題，並反思了自己的詩業。這也是通行中文詩，甚至任何語言都面對的課題。

《一個人孤獨行走》收錄的是我二〇〇九年以後發表的詩（只一首是一九七四年的〈雨天的風景〉）。距一九六九年我出版第一本詩集與散文合集《雲的語言》，已經四十五年了。作為一位戰後世代，我在詩之路途經歷的過程：台灣《創世紀》與《藍星》幾乎分庭抗禮到《笠》鼎足而三，本土現代詩的球根與戰後隨國民黨中國來台的現代詩球根並立的時代到來；一九七〇年代初仍標榜中國的《龍族》與一九七〇年代末已標示台灣的《陽光小集》也曾為詩刊時代留下短暫註記，可視為台灣國族氛圍、認同的轉型；隨後，詩刊不復是詩人主要的登台場域，代之以報紙副刊及各種詩獎的略為興波。詩之志業仍是一條寂寞的追尋之路。如果不是對詩之為詩懷有信念，如果太期待功利的回應，一般人對詩的熱情是會冷卻的。一些同世代的朋友曾經同行，後來無聲以對，甚至脫隊，不是沒有理由的。我為什麼寫詩？為什麼不停地寫詩。某種意義而言，是因為信念不滅的緣故吧！但是，從喧囂到孤獨，呈顯在面對政治的心境，在一向的抵抗和批評之外，也是深層的文化反思。

〈一個人孤獨行走〉這首詩，我引述波蘭詩人米洛舒（C. Milosz, 1911-2004）的〈咒語〉，行句裡隱而未現的「人類的理性是美麗而無可匹敵的／沒有障礙，沒有鐵蒺藜，沒有低俗書籍／沒有放逐的句子能勝過它／它以語言建立宇宙的意堙／並指引我們的手因此我們以大寫字母／書寫公理和正義／以小寫字母書寫謊言和壓迫／……／美和青春是哲理和詩／她們的結合是為良善服務／……他們的敵人會把自己交付毀滅」是我「在一個美麗之島也是悲情之島的／一個城市一個人孤獨行走」的精神指針，是我「能穿越時間黑暗的甬道／穿越空間荒漠的廣場」的牽引力量。在這本詩集裡的詩，我也探觸到現當代詩人布洛斯基（Joseph Brodsky, 1940-1996）以及艾略特（T.SEliot, 1988-1965）、奧登（W.H. auden, 1907-1975），阿赫瑪托娃（A. Akhmatova, 1888-1952）、甚至保羅・策蘭（Paul Celan, 1920-1970）、保羅・艾呂雅（Paul Eluard, 1895-1952），一般譯為特蘭斯特羅默的川斯特默爾（Tomas Transtromer, 1931-）；還有巴斯特納克（B.L Pasternak, 1890-1930）、里爾克（R.Rilke,

1875-1926）、茨維塔耶娃（M. I.Tsvetayeva, 1892-1941）、塞佛特（J. Seifert, 1901-1986）、巴茲謝克（A. Bartusek, 1921-1974）、賀洛布（M. Holub, 1923-1998）……這些詩人在困厄時代的際遇和詩的經歷都是我在心靈暗夜的燈火。若說我的文學青年時代得自許多台灣本土詩人、小說家、評論家的啟蒙與教諭；我之所以能夠繼續在詩之路前行，就是現當代世界的許多詩人給我啟示，也給我引領之力。本土與世界對於我而言，是並置的雙翼，是互相映照的鏡像與窗景。

我為何寫作？為何自一九六〇年代末期開始，迄二〇一〇年代仍未停止，與不同的世代一起穿越不同的時代？作為一位敘事者，抒情者，我，想挖掘什麼？想留下什麼樣的精神史證言在我們的土地上，我才這樣寫下一行一行詩，寫下一首一首詩，出版一本一本詩集的。我在旅行時，特別是在異國旅行時，常常在不同的際遇與場景中感懷不同的情境，觀照物象和風景，尋梭詩情和詩想；我也凝視家園、國土的風景，留下詩的印記。

坐在塞納河畔
心裡默念〈死亡賦格〉
保羅・策蘭的一首詩
從沉入河流的靈魂

映現在水影水聲

——〈坐在塞納河畔〉

悲傷的南美洲在嗚咽
手風琴鍵盤上的雙手
在聖保羅的街角探觸街頭藝人的心事

我坐在希爾頓飯店大廳
從窗玻璃閱讀巴西的風景
品嚐著咖啡的風味

——〈悲傷的南美洲在嗚咽〉

說詩裡藏有秘密，藏有詩人心的秘密。每一本詩集的冊頁都是抽屜，這些秘密只有等待閱讀人的探索了。我既是一位書寫者，也是一位閱讀者。關於閱讀與書寫我也留下詩。

閱讀，以便

遇見書寫者
尋覓留在語言之途的
行跡

——〈閱讀〉

書寫，將秘密
鎔鑄在行句裡
等待點金石融解

——〈書寫〉

閱讀與書寫是一體的兩面。有人分持，有人兼具。我既是書寫者，也是閱讀者。這兩面一體，兼而有之，就成了〈閱讀與書寫〉的行句：

你
在書寫的地方
閱讀

也在閱讀的地方
書寫
書寫時
你
在閱讀
閱讀時
你
在書寫

——〈閱讀與書寫〉

〈話語光影〉是關於語言光與影的探究。詩人，面對語言的課題，必定會在光與影的糾葛中有所感有所思。拯救語言，絕不是國內某些文言至上派語文教師修辭之癖的搶救國文論。政治公害和商業公害都對語言有致命的打擊和破壞，這是更為重要的問題。波蘭詩人米洛舒在他的一首詩〈我忠實的母親〉，既說因為波蘭語讓他在流亡時保存了家國的記憶，是一個信使，連繫了他和一些善良人士，但也批評共產統治體制下的波蘭語是降格的，是告密者的語言，是迷亂的語言。但他說他會盡其所能，光耀和純粹他所忠實以對的母語，他終究是必須嘗試拯救波蘭語的人。大哉！詩人之言。

台灣在南方，而有冰雪的童話是因為特殊歷史構造形成的悲情歷史，以及現實中存在的種種困厄。〈泣婦岩之歌〉為普稱火燒島的政治犯流放、監禁之島，撥「將軍石」之亂，反「泣婦岩」之正，是白色恐怖的轉型正義；以詩人見報是因為訃聞喻示許多詩人在我們國度的寂寥靜默，甚至詩的瘖啞無聲現象，成為〈詩的告別式〉。一些以詩行悼念的篇章，或感念的人生風景，為大歷史或個人史，是為詠懷也為誌記。無非是在孤獨中行走的人生里程留下的頌歌或哀歌，一些情念之語，為島嶼的歷史註記。

是誰在綠島海邊哭泣
在風中哭泣
聲音飄盪在風中

是誰在綠島監獄裏哭泣
在雨裡哭泣
聲音溶解在雨裡

詩人見報了
是一則訃聞

——〈泣婦岩之歌〉

終結一生的行句
以散文的形式

——〈詩的告別式〉

詩人畢竟是孤獨的。我從世界的詩人行旅觀照，　自己的詩人之路體察，在認知與實踐中體認個人與社會、純粹與參與、藝術與現實的相互鑑照中，語言常常是寂靜無聲的，是靜默以對的。在時代的變遷和世代的推移中，彷彿置身廣漠的天空或無涯的海洋，必須一個人奮力振翅或盡力泳划，才能飛行或游動。這本詩集裡的篇章就是一個人孤獨行走留下的腳印、足跡。這些腳印、足跡，自一九六〇年代末就開始踏行，延伸。這不是定點，我還有未竟的詩人之路。即使一邊跌倒，我也要一邊發現。在喧囂的旅途面對孤獨之境，在孤獨之境面對喧囂的際遇。

II

《笠》的詩人風景

《笠》創辦群的詩人風景

《笠》的創辦人群，即笠詩社發起人：以出生年代序，依次為吳瀛濤（1916~1971），詹冰（1921~2004），陳千武（1922~2012），林亨泰（1924~ ），錦連（1928~2013），趙天儀（1935~ ），薛柏谷（1935~1995），白萩（1937~ ），黃荷生（1938~ ），古貝（1938~ ），王憲陽（1941~2014），杜國清（1941~ ），共十二人。

若依世代性，分列為：

一九一〇世代：吳瀛濤
一九二〇世代：詹冰、陳千武、錦連、林亨泰
一九三〇世代：趙天儀、薛柏谷、黃荷生、古貝、白萩
一九四〇世代：王憲陽、杜國清

可以看出，一九二〇年代四人，一九三〇年代五人，應是主要世代，為中堅力量。吳瀛濤以一九一〇世代，為年長者；王憲陽和杜國清為一九四〇年代，為年幼者。

這十二個人都屬臺灣本地出生的臺灣人，與戰後國中華民國體制由中國國民黨據臺統治，文化權是中國性強於臺灣性，詩壇、文壇率由中國來臺詩人、作家領導，掌握的中國來臺詩人、中國來臺作家身分不同。

在一九四九年，中華民國失去其發生地，統治的中國大陸，潰退到據占地臺灣。之前從一九四五年十月二十五日從盟軍代表身份接收臺灣到中華民國從海峽彼方潰退來臺，約有四年。經歷了兩種不同政治治理和語言文化接觸，臺灣曾發生二二八事件，大批知識分子、文化人被屠殺，加上從日本語轉換為中國語的不同國語政策，臺灣的詩人不只在政治上受到極大的震驚，在語言文字的話語工具也因為改變而受到極大的挑戰。雙重困厄帶來的失語症使這塊土地的詩人、作家，不得不沉默或服膺來自中國的詩人、作家的領導。

中華民國從潰退到臺灣的戰後四年間，臺灣的詩人、作家接觸到的中國詩人、作家，有中國國民黨人，有中國共產黨人，有第三種人。比起後來，政治視野是較開闊的。但一九四九年，中華民國潰退來臺以後，恐共反共主義的國策，在思想上堅壁清野，完全掌控臺灣的文化藝術活動。戰後曾出現的臺灣本土園地《潮流》、《緣草》……曇花一現，代之以一九五〇年代，廣泛的黨政軍國策文學的影響。

《新詩周刊》、《藍星》、《創世紀》雖然是不屬於黨政軍國策文學組織直接控制下的詩刊，但都是如假包換，標榜中國的詩刊物，彼等雖然想走出被國策控制的創作情境，但不免要反共一番。紀弦在發起「現代派」的信條裡，不忘標榜反共、是保護傘，但對許多因中國共產黨的赤化中國大陸而逃亡到臺灣的詩人而言，也有人之常情的一面，與職業反共國策反共有不同之處。但政治與文化的雙重優勢獲得臺灣人在脫離日本殖民統治之後，反而喪失了發言能力與發言權，處於時代的瘖啞情境。

一九六四年，《笠》成立和創刊，是在戰後臺灣詩壇從《現代詩》成立到《藍星》、《創世紀》成立後，三角鼎立，紀弦停刊《現代詩》，《藍星》和《創世紀》對峙，但《創世紀》逐漸因為接收《現代詩》停刊的能量而漸形獨大的時期。這時候，臺灣似已逐漸從二二八事件、白色恐怖的陰影走出來，彭明敏和學生發表〈臺灣人民自救宣言〉，批評中國國民黨藉反共實行專制統治；吳濁流以一己之力創辦《臺灣文藝》。

十二位台灣詩人共同以《笠》為名，成立詩社，創辦詩刊，這是集會結社，違逆專制統治的。但走過一九五〇年代，這些臺灣詩人有某種自覺性而結合在一起，並在林亨泰命名的《笠》之下，展開了戴草笠的詩歷程。這樣的歷程，後來成為「寧愛臺灣草笠，不戴中國皇冠」的呼聲。

十二位《笠》的發起人，從戰後詩的經歷來看，除了詹冰和陳千武，幾乎都參與了從中國來的詩人主導的詩社活動，分別在《新詩周刊》、《藍星》、《創世紀》及其他中文刊物登場演出，這是戰後詩史的不得不然。

吳瀛濤遊走《現代詩》、《創世紀》、《藍星》，林亨泰和白萩，雖然分屬不同世代，但兩人都在《現代詩》、《藍星》、《創世紀》有重要參與經歷。林亨泰還被認為是紀弦推動現代派的主要理論襄助人——因為林亨泰經由日本詩潮汲取的現代主義論述，讓紀弦如魚得水，如虎添翼。錦連、薛柏谷、黃荷生在《現代詩》、《創世紀》也有資歷；而趙天儀、古貝、王憲陽則見諸《藍星》；杜國清是《現代文學》的參與者。

十二人因緣際會成為《笠》的開拓者，既有殊途同歸之意，但有些人在短期間分道揚鑣。薛柏谷、古貝、王憲陽，在《笠》詩史裡沒有留下明顯的轍痕，這三位詩人在戰後臺灣詩史的視野裡，或《笠》的系譜，似乎不存在。薛柏谷、古貝在詩壇淡出，或許是種解釋，但王憲陽應該是詩風的差異。走古典中國經驗的王憲陽仍然以斷斷續續出刊的《藍星》為重，與《笠》的走向格格不入，朋友之間情誼雖在，但詩之道不同不相為謀，或許是理由。記得，王憲陽曾經提及他也是《笠》的發起人之一，仍介意這段詩史記述遺漏了他。為此，我還在他的告別式，去悼念他。在場還有《藍星》的吳宏一、趙衛民。兩人都以中文學界、系友身分致祭，我特別以《笠》的同仁身分悼念，算是對王憲陽在天之靈的某種致意。

《笠》創辦人群中，吳瀛濤、詹冰、陳千武、錦連、林亨泰都屬於跨越語言的一代或世代，其餘七人雖然出生於日治時代，特別是趙天儀、薛柏谷、黃荷生、古貝、白萩，因出生於一九三〇年代，有小學校或公學校的日本語教育經歷，但語文教育仍以戰後中國語為主，並不被歸類跨越語言世代群。因為跨越語言，所以日本語的詩教養是他們推動《笠》的動力。比起戰後從中國來台的詩人群，從日本語得到的世界詩知識要廣泛、深入。在臺灣的中國詩人群中：覃子豪、紀弦、鍾鼎文是後來所謂的詩壇三老，也有日本語資歷，覃子豪和鍾鼎文曾留學日本，紀弦則生活在淪陷區上海，有日本租界或佔領區的異國性。

吳瀛濤旅居香港，中國詩人戴望舒等交往，並早有中文作品發表。戰後初期曾於官署擔任通譯，中文嫻熟，是跨越語言一代較少中文障礙者，戰後在臺灣以中文登場的詩壇，他是先發詩人，早在《新新》、《民報》發表中文詩。一九四七年新生報副刊「橋」就有詩作；一九五三年，在《現代詩》、《藍星》發表作品，並出版他第一本中文詩集《生活詩集》。先發的經歷在《笠》獨樹一幟，但他一九七一年辭世，未及看到他的鳥群同伴復活天空的壯闊風景。

從參與從中國來臺詩人們的詩誌到共同創辦《笠》走自己的路，在某種意義上是臺灣的覺醒，也是詩的覺醒，是臺灣在詩中覺醒。有認同的抉擇，也有詩學的意義。一方面是一群臺灣詩人認為應該有臺灣人自己的詩外、詩誌；另一方面，則是因為以《藍星》為主體的中國古典經驗與抒情風的過輕邏輯，以及《創世紀》標榜的超現實主義形成晦澀的過重，需要另一種視野的開拓。林亨泰、錦連、白萩，當時從《現代詩》而《創世紀》，白萩更有《藍星》的經歷，即使沒有《笠》他們也都有可以發揮之勝場，但都毅然參加《笠》的創辦人行列。而且在創刊初期，林亨泰在社論的主張，白萩在多篇文論隨筆的發言，也都揭示新道路的方向和視野。在詩的歷史意識和現實意識，都和彭明敏等地〈臺灣人民自救宣言〉相互彰顯，也和吳濁流的《臺灣文藝》互為印證。

詹冰、陳千武、錦連、林亨泰這四位一九二〇年代出生的《笠》創辦人，在《笠》有典型性。詹冰、陳千武，並無《現代詩》、《藍星》、《創世紀》的資歷，他們的詩人位置建立在《笠》的版圖上；錦連、林亨泰雖有前述詩誌資歷，但錦連在《笠》的著力見證在詩、譯詩、譯論；而林亨泰不是以詩，而是以創刊諸期社論以及後來一些詩論留下見證。若說一九二〇世代的《笠》創辦人，是創辦人群中的標竿，並不為過。

至於一九三〇世代創辦人中，以趙天儀和白萩為重，薛柏谷、古貝形同退出，而黃荷生在《笠》創刊後已鮮少作品，他的地位是一九五六年出版的詩集《觸覺生活》留下來的。趙天儀和白萩是陳千武之外，參與《笠》編務最多的創辦人。兩人在詩壇登場都早，趙天儀熟識各方詩人，白萩則見重諸方。趙天儀平實、白萩崢嶸，兩人少小時期就在臺中以文藝青年認識相交，但個性殊異。平實者有廣緣，崢嶸者常孤高自重。趙天儀一路走來，詩林外史篇章無數；白萩從《現代詩》、《藍星》、《創世紀》留下詩史形跡。兩人從《笠》

創刊一直積極任事，在社論編務為陳千武可堪比擬。而一九四〇年代的創辦人，王憲陽難以真正歸類在《笠》系譜，杜國清創作、翻譯都多，特別是一九六〇年代至一九八〇年代，《笠》的前半期。

一九六四年創刊的《笠》到二〇一四年已屆五十年，繼續每雙月出刊不輟，堪稱詩壇奇蹟，在三〇〇期（2014年4月號）回顧創刊統計封面封底薄薄24頁，而今經常200頁上下，可以想見一群臺灣詩人的長跑精神。除了創辦人披荊斬棘的開拓之功，不同世代加入同仁的持續維繫之力，更不可沒。幾近創辦人世代的陳秀喜（1921~1991）和杜潘芳格（1929~）以跨越語言世代女性詩人，在《笠》也投入無數歲月，陳秀喜更出任過長期社長職務；李魁賢錯過創辦人行列，但創刊後在第2期即發表作品，並積極參與，在《笠》的位置不輸創辦人；而黃騰輝在《笠》第九期（1965年10月號）起，掛名發行人，在那仍屬戒嚴時期，政治體制仍然嚴密的時代，也有挺身而出之舉。

《笠》的詩史從一九六〇年代起，已經過七〇、八〇、九〇、二〇〇〇，邁入二〇一〇年代，同仁更擴大了包括一九四〇、五〇、六〇、七〇、八〇等世代，在戰後臺灣詩史中有獨特的自我構造。相形於詩史的發展，呈顯獨特的臺灣在詩中覺醒風景。這樣的風景交織著詩文學、文化、政治與社會變遷與發展的形跡，呈顯精神史的面向與構造，呼應著在我們的土地以及在我們的時代的現實。

林亨泰自己就是風景

初秋的九月，與鄭烱明、陳明台一起去拜訪林亨泰，同行的還有李昌憲、鄭侑昕。約好在高鐵烏日站會合，一起再搭車前往。鐵路和公路都不是四十年前的樣子，那時候，我們：鄭烱明、陳明台和我，特別是明台和我，常去彰化拜訪林亨泰和錦連兩位前輩詩人。

八卦山麓的林亨泰寓所還是老樣子，在巷弄裡的二層樓小洋房。我們尋覓著舊路，其實是在新街穿梭。過去的時光印記在現在的時間，在秋日的陽光下仍然明晰。林亨泰來應門，也像昔日情景。一屋子的書，襯托著詩人一生的閱讀與書寫形跡。

陳明台是稍後趕來。他在台中與醫生有約，看了門診之後匆匆與會。白秋期人生的我們與玄冬期人生的林亨泰，在歲月的相同軌跡相遇，經歷了四十年。他從四十之齡而八十之齡，而我們從二十之齡而六十之齡，加上尾數不只於此。在一行一行語字，在一首一首詩歌的累積裡，層層的風景印拓在心中。

講到詩，林亨泰的興味仍然高昂。即使髮蒼蒼、視茫茫，看他拿著多件放大鏡，一面查看著日文醫療健康誌，細數自己與身體搏鬥的神情，一面回憶自己詩史的經歷，幾乎相似。與語言搏鬥，也與身體搏鬥。林亨泰談到他戰前的閱讀與戰後展開的詩歌之路。跨越語言的詩歷程；在「現代派」的參與以及在《笠》的參與，所有這些都彰顯在他被研究的許多論證之中。

李昌憲的相機和鄭侑昕的錄影機都不斷尋求角度捕捉林亨泰的形影。陪伴在他身邊的夫人會適時補述林亨泰的話語，她也不時親切招呼來訪的我們「用茶水、用水果。葡萄很甜、梨好吃，還有月餅。」就當我們像四十年前、三十年前往訪時的樣子。

那時候，鄭烱明、陳明台和我，都是《笠》的新人，也是詩壇的新人，以青年之姿，加入《笠》的園地。鄭烱明已經在《笠》有專輯討論；陳明台是陳千武的長子，父子相承；而我，從外面繞了一陣子，參加《笠》的行列。「戰後世代」的字眼是更後來的事，「四季」也是過了一陣子才有的稱謂，是加上拾虹而形成的。

《笠》在台中成立詩社，發行刊物。因為在台中居留的青年時期因緣際會，我和鄭烱明以及寒暑假從台北返家的陳明台，常有機會在跨越語言一代的詩人、作家聚會場合感受歷史際遇與時代情境。林亨泰與陳千武、錦連都在中部，常常親炙教諭；詹冰在卓蘭、張彥勳在后里，偶而也與會。白萩從台南遷回台中，比起他同時代的趙天儀、李魁賢，見面的機會多些，相談的機會自然也多。

林亨泰是《笠》創刊初期的主編人，既是最初幾期「社論」的執筆者，也是最初幾期「笠下影」的執筆人，他的敬謹細膩風格，顯現其中。看著八十多歲的他，回想四十多歲的他，一些形影仍然一樣。他侃侃徐徐而談，平穩的姿態始終不變，變的是蒼老了許多，在笑靨的背後，看得到時間印拓在他身上的形跡。

一九五〇年代參與了「現代派」，林亨泰常被說是紀弦推動現代派運動的理論支持者──源於他從「詩與詩論」汲取的日本現代詩運動以及日本從歐洲引進的各種現代主義理論與實踐──據說，紀弦在後來的回憶中，刻意降低林亨泰的位置，但歷史，至少當代的歷史，要任意詮釋也不盡然能夠曲意孤行。

一九六〇年代，林亨泰參與《笠》的創社和發刊，這是臺灣現代詩兩個球根論的必然走向，也是政治在臺灣的宰制和鬆脫的相反作用的形勢所趨。林亨泰和錦連與詹冰、陳千武、羅浪等人與較年長的吳瀛濤，以及較年輕世代的趙天儀、白萩，心境不必然相同，但與吳濁流創辦《臺灣文藝》，彭明敏師生發表〈臺灣人自救宣言〉的意志，應該一樣。將近五十年了，臺灣的文化運動和政治運動，不必然完全成功，但畢竟留下某種革命性，就說是「未完成的革命」吧！

陽光從庭院照進來，我們圍繞置於客廳的臨窗書桌與林亨泰夫婦面對面。鄭烱明、陳明台與我，交談著詩與人生，過去和現在。話語在相互之間流露、傳遞。木的詩人林亨泰，與火的詩人陳千武、土的詩人錦連、水的詩人詹冰，既相同也相異。我彷彿看到重現的一九六〇年代末到一九七〇年代情景。

《笠》一二五期（1985 年 2 月號）至一三二期（1986 年 4 月號），我執編時，曾依序以巫永福、陳千武、林亨泰、錦連、詹冰、陳秀喜、杜潘芳格、張彥勳為封面，進行一系列以「臺灣的詩人」為主題的專輯，並在臺北的台大校友會舉辦相關的「笠詩友會」座談。這並不是我第一次以跨越語言一代的笠詩人為重點探討。《笠》一一一期（1982年10月號），我執編時，也以特輯「臺灣現代詩的殖民統治與太平洋戰爭經驗」探討此一世代；接續的是「接點上的詩人與詩」，探討一九三〇年代出生的白萩等人；以及其後「戰後世代的夢與現實」。

致力於詩史重建是我多次執編《笠》時的想法以及實踐。我回顧自己在《笠》的行跡，從跨越語言一代創辦人群受到的啟諭是我意志與感情的能源。親炙水、火、木、土的詩人，他們的詩與詩論，言與行，都成為種植在我心靈土壤的種子。看看林亨泰，我也想到錦連、想到陳千武、想到詹冰、想到羅浪、陳秀喜、杜潘芳格……。

《笠》有很長時間並沒有主編的掛名，詩刊版權頁只看到發行人和社長。陳千武、林亨泰、白萩、趙天儀、林煥彰，還有我與郭成義，雖曾實際主編過，但並沒有揭載在刊物。我想到那樣的時代，想到那時代的默契，想到我曾實際執行社務與編務的時代，想到我執掌編務時每期的卷頭言，想到〈寧愛臺灣草笠，不戴中國皇冠〉……

這一切，都受益於《笠》的諸多前輩，他們於我，就像文學的父親，詩的父親。而我，鄭烱明、陳明台，也進入六十多之齡，甚至比當年跨越語言一代詩人們的四十多之齡多了許多。歷史在翻閱歷史、時間在流逝時間。而我們一同去拜訪的林亨泰，像在翻閱的歷史裡在流逝的時間裡存在的形影。

這樣的形影呈顯在他與詩與詩論的行句裡。在彰化八卦山麓，建寶街巷弄的寓所，初秋的陽光仍然照耀，在林亨泰臉上實顯他的顏彩，白髮和皺紋喻示著木的質地與紋路，彷佛人生之詩，是神的手筆描繪的。看著林亨泰，聽著林亨泰，想到他像木一般的沉靜、穩重、慎密，反映在他詩裡的風景——冷寂的構成意味，不管是海岸，農作物或農舍，被他的語言捕捉而形成的意義構造，十足是林亨泰式，光光亮亮地端坐在他寓所客廳——也是書房一部份。林亨泰自己就是風景。

水的詩人：詹冰

一九六〇年代末期，我二十歲出頭之齡加入《笠》為同仁。那時際，我已在《創世紀》、《南北笛》等詩刊發表詩，也在一些報刊發表散文。加入《笠》以後，特別是一九七一年發表〈招魂祭〉，以後，除了曾在《拜燈》、《詩人季刊》《陽光小集》以及後來的《詩人坊》發表過詩，我不曾在其他詩刊發表作品。一九八〇年代以後，在報紙副刊發表詩也是後來的事。加入《笠》以後，因為發表作品，參與編務，我覺得自己就像一個旗手，想吹著號角跟同仁一起努力邁進。

二十歲出頭的詩人之路，我曾說《笠》是我的詩人學校。除了因為《笠》譯介許多外國詩、評論；也因為《笠》有許多評論，豐富充實了我的視野；更因為親近跨越語言一帶的許多詩人，耳聽目濡的緣故。在那個時代，參加《笠》是會被傳播條件與聲勢較強的「中國現代詩壇」貼上標籤的，許多曾在《笠》發表作品，但未加入同仁，有些是因為詩風不同，但有些則是避免被貼標籤。臺灣人在戰後的政治氛圍裡這麼小心翼翼，不只在詩壇，在文化界，也普遍存在於社會。

《笠》的跨越語言一代，我接觸最頻繁的是陳千武、錦連、林亨泰、詹冰、陳秀喜、杜潘芳格。吳瀛濤在臺北，接觸較少。張彥勳和羅浪因為較少參加在臺中的《笠》活動，相形之下，較少接觸。但我去過后里張彥勳還在小學擔任教師的宿舍，也常聽錦連說羅浪——記憶是最鮮明的是，錦連說，有一次羅浪在苗栗鄉下的河邊，辦了宴席招待一些鄉童的故事。對照羅浪的一首詩〈垂釣〉，我常想到他在河邊釣魚的景象。

我曾在陳千武的弔念文，以「火」、「土」、「木」、「水」，比喻陳千武、錦連、林亨泰、詹冰。這是我對這四位前輩詩人的深度印象。從他們的詩，他們的人生風格，我觀照出來的定位。火、土、木、水，各有特質，各具特色。我慶幸能夠從言教與身教中得到教誨與啟迪。

談談詹冰（1921~2004），一位水的詩人。

詹冰是《笠》十二位創辦人之一，他與陳千武、錦連、林亨泰，在《笠》創刊初期，在詩語中較為活躍。但詹冰並沒有在《笠》的運動中有積極角色，他的聲音是他的作品，包括從日文譯為漢字中文的《綠血球》系列，和後來中文發表的作品。《綠血球》是詹冰在戰前以日文發表的作品，但譯介的中文以後，奠定了他在戰後臺灣詩壇的地位。

抒情以及知性是《綠血球》作品的特色。在日本讀藥學，戰後在家鄉卓蘭開設西藥房，並為了學習中文而到中學校教理化的詹冰，在《綠血球》裡呈現的中文，有他們這一世代難得一見的純熟度，林亨泰可以比擬。

五月

詹冰

五月，
透明的血管中，
綠血球在游泳著……，
五月就是這樣的生物。

五月是以裸體走路，
在丘陵，以金毛呼吸，
在曠野，以銀光歌唱，
於是，五月不眠地在走路。

〈五月〉是詹冰一九四三年作品，得到當時日本著名詩人，也是童謠詩人堀口大學的推薦。譯成中文以後，不失韻味。也許從中文的用法來看：第一節第三行「綠血球在游泳著」的「在」和「著」都表示進行狀態，擇一使用即可，有些累贅；第二節第一行「是以」若只用「以」較為簡省，第二節第四行，開頭的「於是」是白話「就這樣」的意思。為了避免與第一節第四行「就是這樣」有些重複，用了「於是」，其實是可以省略的，這是枝節，無損於這首詩的亮光。

用〈綠血球〉來喻示自然，與「紅血球」的人間性，巧妙地配慮了詹冰的觀照視點。這是他藥學知識（化學）影響所及，以及重視知性的結果。知性在他的許多詩中的構造，有所呈現。〈綠血球〉的兩節，八行是一個典型的例子。他早期以及一九五〇年代、一九六〇年代的許多作品，像〈春〉、〈異體的早晨〉、〈插秧〉、〈雨〉、〈春〉、〈扶桑花〉。

詹冰是一位十分謙和的詩人，他的詩也清澈透明，從早期的詩的俳句型態就能看出他的凝鍊、精簡特色。

櫻花　詹冰

現在是笑的極點。
其證據是，
正在滴下美麗的淚珠……。

〈櫻花〉是詹冰在日本讀東京藥專時代的作品，用仿俳三行連句描繪了櫻花綻開與萎落的心境風景。這是一種訓練，一種表現力。詩的賦、比、興，常見臺灣詩人採取「賦」的方式，較少兼具「比」與「興」，有時有表達，無表現。詹冰的詩有表現性，跨越日本語到中文，在他那個年代能夠有這樣的高度，令人感佩。

記得一九六〇年代末、一九七〇年代初期，常在中部的《笠》活動看到他，總是靜靜坐在一旁，但有一次「編輯會議」在豐原的陳千武寓所舉行，大熱天，前輩詩人們一個個脫下外衣，穿著圓領短袖汗衫。那種情景的樸素一直留在記憶裡，既親切又珍貴難得。那個年代，參與創辦《笠》的跨越語言一代詩人們，既投入又用心，奠基了《笠》的礎石。

在批評與介入方面，詹冰不像陳千武、錦連和林亨泰，他比較守分，專注於自己的詩業（其實，他投入樂曲，與在苑裡的音樂家郭芝苑在音樂劇方面的努力，也有他另一種文學風景）。既不像陳千武，在編務與經理的貢獻；也不像林亨泰在初期主編，建立一些方向；錦連參與《笠》的事務雖沒有反映在編務論述，卻在譯介上頗多貢獻。詹冰相對純粹。這也是戰後臺灣詩人的詩的多元面向。在觀照《笠》的時候，應該要有這種視野，才不會失於偏頗或單一性。

詹冰以「紅血球」對比「綠血球」，在《綠血球》這本詩集，顯現相異於自然的人生風景。

人　詹冰

一隻腳站在天堂，
一隻腳站在地獄，
所以在兩腳規頂點的臉面
有時笑著有時哭著了。

一隻手被天使握著，
一隻手被魔鬼拉著，
所以在張力作用的良心
有時被撕開一樣疼起來了。

詹冰的〈人〉，巧妙地利用人體構造把人性與天堂、地獄；天使、惡魔關連性給合起來，詮釋能辭典所無法達致的關於人的生理與心理分析。「紅血球」系列，有許多作品，都讓人難忘，像〈有一天的日記〉、〈天門開的時候〉、〈理想的夫婦〉、〈墓誌銘〉、〈蠶之歌〉……。

我喜愛的詹冰作品，有許多是收錄在「實驗室」詩輯的系列，這是《笠》創刊後的新作品，像〈實驗室〉、〈二十支的試管〉、〈淚珠的〉、〈水牛圖〉、〈流入心臟的杯子的液體〉……不愧有化學知識，更把這些知識巧妙運用在詩作中，從日本語到中文，詹冰的跨越看得出突破困境，開創了另一片天空。

他的許多詩，都應該在臺灣的語文教材中被列入，作為文化教養。詹冰的詩具有某種魅力，但在戒嚴長時期重視意識形態政治八股和中華文化沙文主義，一心想洗兒童的腦，培養黨國之子的臺灣，詹冰的詩在學校教材並不受重視。臺灣的孩子們，在學校語文教育裡都被餵食某種教科書編輯委員會先生、女士們，用他們特殊的視野選編的文本，而臺灣人自己也不重視這些藏在自己土地詩人們心血的結晶。

我喜歡詹冰的〈墓誌銘〉，曾在他辭世時，寫了一篇文章，期待這首墓誌銘會在他的墓園，但我不知道他的詩是否能與他相伴。

墓誌銘

他的遺產目錄裡

有花
有星
又有淚

但我會記得詹冰，記得他人生的花、星和淚，我會把他的特質記取在自己詩人之路。

臺灣的詩人們也應該記取這樣的詩人，他的歷程，他的詩。

《笠》的推手，火的詩人

——記詩人陳千武（1922—2012）二三事兼悼逝者

我發表在《笠》詩刊的第一首詩是《塔》，那是一九六八年十月號，第二十七期。這首詩收錄於我的第一詩集《雲的語言》（1969年，林白出版社）。在這之前，我曾於《創世紀》，《南北笛》發表作品；之後，與《笠》的關係愈來愈深。我的大部分詩作都發表於《笠》；一九七〇年代前期的《鎮魂歌》全部作品，後期《野生思考》的大多數作品，都是。一直到一九八〇年代，我才把詩作交給報紙副刊和其他雜誌刊登。

這樣的機緣與一九六〇年代末到一九七〇年代初我居留在台中有關，更與陳千武有關。那時候，同樣與在台中的鄭烱明，經常在陳千武的教諭下，在詩人的感情歷史形塑精神樣貌。我們經常往返台中與豐原，有時和在台北就讀大學的陳明台一起仰承教養，有許多時候是鄭烱明與我與陳千武相聚。比起陳明台，鄭烱明和我與陳千武有關詩的談話，也許更多。

在那樣的年代，戰後台灣現代詩的球根仍著重於紀弦自稱從中國帶來的火種，而且戒嚴體制下的傳播條件並不公平對待本土的文學傳統。許多年輕的詩人在文學之路展開尋覓時，大多忽視自己的根源，趨附主宰勢力。余光中曾謂《笠》詩刊是土撥鼠；鄭愁予且曾原封不過動退回陳千武在《笠》詩刊發刊之前的《詩展望》詩頁，可見一斑。

一九七〇年八月號，《笠》詩刊第三十八期，編輯部由台北移回陳千武於豐原的寓所，我得以協助編輯作業。在活字版的時代，我獲充分授權，也積極介入編務。一九七一年六月號，《笠》詩刊第四十三期，發表〈招魂祭——從所謂《一九七〇詩選》談洛夫的詩之認識〉，引起軒然大波，幾乎形成《笠》與《創世紀》的對仗。當時，對外承擔責任的陳千武並沒有怪罪我，反而說要給年輕人的表達意見。我能這樣一路挺著身子走過來，陳千武的鼓勵和支持是一種重要的力量。

陳千武是《笠》的靈魂人物。創社創刊的十二人之中，他在社務和編務的投入，無人出其右。相較於其他創辦人或在《藍星》或在《創世紀》或其他的耐力和那股台灣本土的熱勁，支撐著《笠》的綿延不輟。《笠》從一九六四年六月發刊，迄今二一八八期，跨越四十八年，每雙月出刊，從未間斷，已傳承了多個世代，發行期數超越各個詩誌。

在我心目中，跨越語言一代的創辦人中：詹冰是水、陳千武是火、林亨泰是木、錦連是土——分別喻示五行中的四個位置，個性既相容又相斥。在相容相斥之間，形成《笠》詩刊發展的能量。四人長期在中台灣，因此曾短期居留台中的我，得以親炙這樣的能量，也頗能感受四人的相容與相斥。水冷火熱、木土無言有語；既近又遠，雖遠又近。在親炙身教言教的後輩的心目中，感受的是不同的滋養。每每，我寄呈出版的新書，這四位長者都會很快回信，不像有些年輕世代音信全無。這樣前輩的風采，在我心中存留著形跡。

一九六〇年代末，一九七〇年代初，我在台中短期居留時，協助陳千武編輯《笠》詩刊，也因陳千武的緣故，得以經常在文學聚會上親炙吳濁流、楊逵、龍瑛宗、郭水潭、張文環、吳新榮、吳瀛濤、林芳年、葉石濤、鍾肇政……諸氏。跨越語言一代的太平洋戰爭經驗以及戰前戰後不同殖民統治經驗，在他們文學之路的抵抗和自我批評精神之形成有所影響。這也是我心目中台灣詩文學的本土球根蘊含的特質，是我關照台灣的詩文學傳統以及自我省察的觀測器。

因為跨越語言，陳千武在東亞三國台灣、日本、韓國之間的詩文學交流有極大的貢獻。以他與高橋喜久晴（日本）和金光林（韓國）為主幹，一九八〇年代藉由「亞洲詩人會議」，每兩年一冊中、日、韓、英四種語言對照出版，菊八開堂皇版本《亞洲現代詩集》六冊，並分別在三個國家舉辦大會與詩活動，是以三位主幹的日本語為關連語文形成的多邊整合。被殖民的傷痕成為文化勳章充分反應在這樣的文化交流。在仍屬戒嚴時期的台灣，不是藉由政府文化部內的贊助而由民間力量推動，體驗台灣本土詩文學的光輝，彌足珍貴。

《笠》的四十八年，已形成多個世代。創辦人中，詹冰（歿）、陳千武（歿）、林亨泰、錦連（已退社），為一九二〇世代：這個世代還包括後來加入的陳秀喜（歿）、杜潘芳格、羅浪等。一九三〇世代有趙天儀（創辦人）、白萩（創辦人）、非馬、李魁賢、黃荷生（創辦人）、岩上等人；一九四〇世代有許達然、杜國清（創辦人）、喬林、拾虹、曾貴海、李敏勇、江自得、陳明台、莫渝、鄭烱明等人；一九五〇世代有陳鴻森、郭成義、利玉芳、陳坤崙、李昌憲、陳明克、林盛彬；一九六〇世代有張信吉等人。多個世代，與陳千武都有關連。親疏冷熱之間反應著與火性陳千武的距離，言說與會意之間自有各自的分寸。

隨著二〇一二年四月三十日，陳千武距他九十一歲生日的前一天（1922 年 5 月 1 日）辭世，他的人生劃下句點，熠熠之火熄滅了。火的陳千武將與冰的詹冰在天國相遇。火與冰，相剋也相生。彷彿看見詹冰向陳千武說：「你來了！」天上人間，相知相惜。彷彿聽見天上詹冰和陳千武，向人間的林亨泰和錦連，分屬木和土的兩位詩人叮嚀說：「木生於土，植於土，而土生木、植木，相生多於相剋，你們好嗎？」

《笠》創辦人開啟的歷史。一九六四年四月創社，一九六四年六月發刊。既與吳濁流同年創辦的《台灣文藝》有共同的時代性；也與彭明敏與謝聰敏、魏廷朝發表〈台灣人民自救宣言〉有共同的歷史性。在戰後台灣人的精神史有一定的意義與亮光。在已經傳承多個世代，綿延成詩史長河映照著文學史、文化史，甚至社會史的脈絡，成為閱讀台灣人意志與感情的符碼的《笠》的心靈版圖，陳千武印記一個座標，標示著一個穿越兩個國度的台灣詩人的精神高度，像一座文化的山，矗立在詩的心靈的國土。

蚊子也會流淚吧
——悼念詩人錦連兼述其他

蚊子也會流淚吧……
因為是靠人血而活著的
而 人的血液裏
有流著『悲哀』的呢

——錦連〈蚊子淚〉，一九六〇年代作品

每次想起錦連（1928-2013），就會浮現他的〈蚊子淚〉這首詩。一九五〇年代的作品，印記著他和他們同時代臺灣詩人的精神史形貌。不但自己會流淚，連帶著靠人血而活著的蚊子也會流淚。人和蚊子的連帶感，藉蚊子而說人。與他同時期的陳千武（1922-2012）的一首詩〈給蚊子取個榮譽的名稱吧〉有相當大的差異。

嗡嗡不停地　飛來
叮在我癱瘓的手臂上
說是過境
過境　就抽到一絲利己的致命的血去了
究竟
有多少蚊子真正無依
有多少蚊子值得同情
在我的手臂上
在廣漠的國土裡
我底手越來越癱瘓了

——陳千武〈給蚊子取個榮譽的名稱吧〉

陳千武的這首詩，既批判了蚊子也諷刺了蚊子。在錦連的詩裡和在陳千武的詩裡，蚊子都以吸人的血的角色出現。但是在陳千武的詩裡，蚊子是剝削者；而錦連的詩裡，蚊子卻連帶著人的悲哀。陳千武指控，諷刺殖民者；而錦連的被殖民哀愁流露著。

陳千武在二〇一二年走完他的人生，同樣是跨越語言一代的臺灣詩人，他們先後辭世。有機會在告別、追思會送陳千武一程的錦連，事後說：如果有特別邀他，其實他會從高雄到臺中參加文學台灣基金會為陳千武籌辦的那場儀式。但是，兩人在人生之途的終點前畢竟沒有生者對死者的對晤。一些芥蒂也許正是由於個性上的不同，一些顯現在詩裡的風格差距引起的誤會。

錦連在人生之途的終點前，面對他至愛的小女兒因病辭世的哀慟。白髮送黑髮，可想而知錦連心境。他在最近一次電話中提到曾經在舍下聽過日本詩人高村光太郎抒寫他亡妻，剪紙藝術家的《智惠子抄》（新潮社版，加藤剛朗讀），求借於我。這是二十多年前的往事，二十多年後我遵囑寄給他。我在錦連寄還給我後，才從電話中得知他喪女的事。距他的死訊也只是三個多月的時間。晚年的病疾，錦連的小女兒經常貼身照顧，甚至因此在醫院擔任志工。其不捨之情，在電話線的另一端也聽得出來。

一九六〇年代末，一九七〇年代初，我短期居留臺中之時，錦連在台鐵彰化火車站電報房任職。那時候，台鐵電氣化仍未完成，行車安全繫於電報通訊，錦連的一些鐵路詩篇就與他的工作性質有關。那段期間，《笠》創刊不久，一些在中部地區的創辦人：詹冰、陳千武、林亨泰、錦連自然成為《笠》新人群親炙的對象。我曾在悼念陳千武的篇章，以水、火、木、土分喻詹冰、陳千武、林亨泰、錦連的詩人像。這樣的印象來自我長期與他們接觸的體會。

錦連原本內斂，與他南遷高雄後較不相同。說內斂，林亨泰也內斂，但土與木不盡相同。錦連和林亨泰同在彰化，兩人都曾加盟紀弦的「現代派」，也都在《現代詩》發表作品。但林亨泰挾理論之勢的名聲，受到較多的談論。相形之下，錦連是有委屈的。他在《笠》譯介的《詩人的備忘錄》為期甚久，幾乎展現了他梭巡日本現代詩論的精華，也顯示他用功之深。與林亨泰一樣有「現代派」的經歷，但名聲不若；《笠》創刊後，錦連也執力甚深，但比起社務，編務都長期投入的陳千武，似乎不是那麼亮眼，但是：陳千武、林亨泰、錦連，各有各的位置，相互不可替代。有識者應如是觀之。

有委屈感的錦連，退休後南遷高雄，與兩位已出嫁的女兒，親情深厚，是令人羨慕的。他在高雄的艷陽亮麗天空下，似乎有晚年的春天。雖不若葉石濤的葉老稱號那麼響亮——在台灣，小說家比起詩人，耀眼多了——但「錦連桑」、「錦連先生」在南方撐起一片天，應該稍稍安置他的心情。

我可以想像，一九六〇年代末到一九七〇年代初，錦連之於我輩的啟發。在一九九〇年代後，他在南方的高雄也影響了一些梭巡詩之路途的人們。晚年的錦連，創作力旺盛。這一方面，陳千武也一樣，林亨泰相對靜默多了。但錦連刊載於《文學台灣》的回憶錄，不無對陳千武、林亨泰的微言。跨越語言一代的三位詩人，存在的芥蒂，錦連似乎有不吐不快的想法。每次拜讀，只能諦聽，無聲以對。畢竟一世代有一世代的際遇情境。只能想像他們在走過的路途的人生形影，懷著體貼的心情去看待。

錦連在台灣的南方高雄找到他另一片天空，後來他退出參與創辦的「笠詩社」，以另外一種姿勢在新的場域展現他的詩之志業。但即使他退出「笠詩社」，他仍被視為《笠》的一份子。二〇〇九年出版的《重生的音符——解嚴後笠詩選》，他的作品仍然在列，以年齡排系在林亨泰之後，反而不見陳千武作品。這時候，《笠》的社務、編務，陣地在高雄。先後由鄭炯明、江自得、曾貴海三位醫生詩人擔任社長，創辦人群大多已退居幕後。

錦連的委屈，似有不吐不快的感覺。在南方的天空下，自喻為吝嗇蜘蛛的他，吐撚言語之絲，益見光燦、揮灑自如。全集也出版了，堂堂冊頁，與陳千武、林亨泰相比，毫無遜色。土與火、木，各擅勝場。作為跨越語言一代的詩人，而且是《笠》創辦人群，經歷二二八事件、白色恐怖的時代，共同在一九六四年的歷史時點墾拓出戰後台灣詩史的新頁，雖有殊相，其實也是有共相的。

作為晚於他們世代的詩人，我不只遠距離觀看他們，也近距離凝視他們。我的詩人之路受到他們的諸多感召與啟示，從一九六〇年代末以來，言教與身教都印記在我心版。我欣賞他們各自的差異特色，也體認他們共同的時代像。但我對於彼此之間的芥蒂，只聽取而不傳遞。看到某些火上加油的事態，只能覺得遺憾。

記得，在彰化火車站的員工宿舍，錦連夫婦接待年輕時期的我輩，他說「如果有人稱讚，要警覺謹慎；相對於溢美，也許批評才更有意義。」這在我自己的詩人之路，銘記於心，不敢或忘。我所認識的錦連，是這樣的錦連：他的光環也許不若許多他的同輩，但他自有他的位置。我在選編、評論戰後臺灣詩時，都會注意到他。

「好的詩也許不一定會留下來，但不好的詩一定留傳不了。」這是我常提到的觀念。與其汲汲於鑽營，尋求非詩的方式追尋在詩壇的燈光，真摯的詩人應該執著於寫出更好的作品。日本詩人田村隆一說，殺死昨日自己的那個詩人；臺灣詩人白萩說「脫光以後」，都充滿警語。但我也感覺到有些詩人朋友們惑於世俗的名聲，委屈自己的位置，因而牽扯出來不必要的芥蒂。

真正的臺灣詩人，哪個不委屈呢？戰後的臺灣詩史畢竟是尚未清算的歷史。陳千武的兩個球根論只是跨越語言一代臺灣詩人的自我認識。相對於紀弦的中國火種論，真正的臺灣本土詩文學處於未受公正對待的劣勢。《笠》在一九六四年創刊，以跨越語言一代的詩人為主體展開斷裂了近二十年的臺灣詩文學運動。斷裂，既因為語言的轉換，也因為政治的彈壓。跨越語言一代的詩人，不但語言受到傷害，心靈也受到傷害。戰後台灣詩的歷史，必須持有這樣的視野才能描述。《笠》從一九六四年創刊至今，將近五十年，每逢雙月十五日出刊，持續不輟。相對同年吳濁流創辦的《台灣文藝》，是小說為主的綜合文藝雙月刊。

自吳濁流過世後，歷經鍾肇政、陳永興、我也接任過社長，巫永福、杜潘芳格也投入甚力，仍然無法持續發刊。然而小說家在台灣比詩人的地位更甚，這是事實。

錦連與陳千武、林亨泰都是《笠》跨越語言一代的詩人。林亨泰在《笠》初期擔綱社論與「笠下影」，但他的名聲早在《笠》創刊之前就已建立。《笠》創刊後，更是對《笠》另眼相待的詩壇刻意用來輕忽其他跨越語言一代的標誌人物。詩人白萩的地位也一樣，即使沒有《笠》，他也不會被輕忽。陳千武，在《笠》的社務、編務的投入，反映了他壯年期的一股文學幹勁，他和《笠》被連結在一起，不是沒有理由的。但錦連與陳千武、林亨泰都是《笠》的詩人，映照在《笠》的系譜。即使錦連退出「笠詩社」，也不會影響這樣的評價和觀照。

林亨泰也有一首關於蚊子的詩。看這首詩，就可以看出他和錦連、陳千武的差異性格。

蚊子們　在香蕉林中　騷擾著

——〈黃昏〉，詩集《長的咽喉》

相對於錦連與蚊子的「悲哀」連帶；相對於陳千武對蚊子的影射批判；林亨泰的觀照是一種不樣的視點。三個跨越語言一代的臺灣詩人，在我心目中的土、火、木定位，各有特色。陳千武在《笠》創刊後，火焰熾烈，燃亮他的詩之志業；錦連深植於土，相對沉靜。但差異形象各有其位置。陳千武是陳千武；錦連是錦連，誰也掩蓋不了誰。

錦連移居高雄後，另有一片天地，但他的委屈感更反映在他的言說裡。文學台灣基金會舉辦「葉石濤及其同時代作家」學術研討會、出席座談的錦連就說他是陪襯的。相對小說家葉石濤在臺灣、在高雄的光環，詩人瞠乎其後難免。這一段期間，我遇見他也只是聽他說話。比起在彰化時期，錦連不再是自喻為「一隻吝嗇的蜘蛛」那一個詩人了。我只聽，很少回應，聽他細訴，很少搧風點火。他們那一世代詩人，都是我的前輩，是啟蒙我詩之志業的人。我不顧他們相互之間有陰影存在。

錦連在《文學台灣》連載的回憶錄，對於他的委屈似有不吐不快之感。這是錦連執意要吐露的白紙黑字記載，就像他的詩〈挖掘〉那種執意一樣。但我讀到那些話語，都會感到難過。為什麼會這樣？難道有那麼大的憤懣嗎？相對於尚未能真正重建的戰後臺灣詩史，後輩的我們期待跨越語言一代詩人們的，豈是這些？期待我輩臺灣詩人的又豈是這些？

但細想，錦連不吐不快的委屈，大多環繞在陳千武、林亨泰。我既不去問詢陳、林。只當做公案，冷卻在心的一角。錦連離開人間，似仿帶著一些委屈。訃聞中大女兒嘉惠的事略記，想必是多所耳聞的感懷。他在高雄才感覺到文壇的溫暖，是耶？非耶？難道是因為臺灣中部有陳千武、林亨泰。而他們同為跨越語言一代，同為《笠》的創辦人。從世俗的眼光中，或從錦連的心目中，他們得到更多榮光？如果不是，應有錦連不為人知的感受。如今，他已遠去，只有詩長存。詩的話語才更為真實。

我看錦連的離開，想起去年臺中主持陳千武的追思會；想起去年秋天去張望探望林亨泰。這三位前輩詩人，兩人已遠去，林亨泰的孤單可以想見。如果有天堂，在天堂另有一個詩人之國，錦連和陳千武再度相晤，希望他們重拾同世代詩友之情誼，像林亨泰在《笠》初期社論所說的「痛痛快快地談詩」。一起飲酒，盡釋前嫌。

畢竟，在戰後的國民黨中國時代，對跨越語言一代的詩人來說，是困厄的時代。不只他們詩登場的時間被時代的困境延遲了，也被時代的困境傷害了作為詩人的語言條件。他們一生在詩之路途尋覓、探觸、發聲，並沒有得到相對的評價，只踽踽走在寂寥的道路。但即使是林亨泰、陳千武，也沒有錦連想像的風光。

但我們會記得您的，會記得您的詩。不只〈蚊子淚〉，您的《鄉愁》、《挖掘》、《守夜的壁虎》、《海的起源》、《群燕》……以及翻譯、小說、散文……標記著您一生文學遺產的《錦連全集》十三冊，堂堂皇皇地留下見證般的存在，就是您光榮的紀念碑。有留著「悲哀」的蚊子；也有可惡的說是過境卻抽一絲利己的生命的血去了的蚊子；也有在香蕉林騷擾的蚊子。有錦連、有陳千武、有林亨泰……在戰後臺灣詩史留下各自的座標。

被時代窒息的名字
——悼念羅浪（1927－2015）

你是
被時代窒息的名字
一位在流淌之水垂釣的無語者
搖晃在山城吊橋的咳嗽聲
敲打你寂寞的心
你也曾想過像雲一樣
流浪在青空
聽牧童的歌唱
夜晚看見星星却獨自一人掩泣
如今躺在夢的草裏睡了

在山脈彼方
是誰在吹口哨啊
那是誰的呼喚
只看見蘇鐵伸出手臂伸向天空
無言吶喊著
記憶之海激盪著浪花
是你沒有死滅的詩句
回映在蒼穹俯瞰著人間

羅浪走完他的人生，安安靜靜地。逝者如斯夫，我不是想起時間，而是想到「被時代窒息的名字」。這是捷克詩人塞佛特（J.Seifert ,1901~1986）的〈運河公園〉，寫他的晚年情境，寫他在年紀大時，學到穹靜的可愛和比音樂刺激，以及在寧靜中會出現顫抖的信號，提到「在記憶的叉路口／你會聽到／被時代所窒息的名字／夜晚的樹林中／我甚至聽到鳥的心跳／有一回我還在墓園裡／聽到枕木迸裂的聲音／來自墓地深處」。

這些行句，引自梁景峰的譯文。「被時代窒息的名字」是說在捷克的困厄時代鬱鬱而亡逝的人們，雖並不全然是政治迫害的受難者，但包含這種指謂，甚至更廣。塞佛特是一九八四年諾貝爾文學獎得主，他和鄰國波蘭的米洛舒（C. Milose, 1991~2004），辛姆波思卡（W. Szymnorska ,1923~2004），分別在一九八〇年和一九九六年獲諾貝爾文學獎，卻是政治困厄下，留下詩文學之光的詩人。

米洛舒是二戰前就登場的詩人，塞佛特更早出現。而辛姆波思卡則出生於一九二〇年代，就像臺灣的跨越語言一代詩人們，但在東歐的他們沒有跨越語言的困境。困厄的時代雖然窒息人們的心靈，但也是詩人輩出，文學輝煌的原因。這些東歐國家，外侮不斷，二戰後曾在共產體制下經歷將近半世紀的宰制，不只留下詩的見證，也紛紛顛覆共產獨裁，自我重建，為什麼?

政治上分析的原因是：市民意識的存在，天主教的信仰和教會的庇護，以及文化性滋養。在文化性這一層面，語言在思考和想像力孕育的藝術條件，應該是其核心。戰後東歐詩之備受推崇，不是沒有原因的。反觀我們的國度：台灣，近現代在日本與國民黨中國的雙重殖民統治下，從日本語和中文，語文的斷裂產生的瘖啞失語狀況，對照著語文主題未能形成的困厄之境，其實是詩的災難。

羅浪在《笠》的跨越語言一代系譜中，與錦連（1928~2013）有莫逆之誼，我的羅浪印象早期來自錦連的敘說。黃靈芝（1928~　）與羅浪、錦連都是摯友，但三人各具一格。黃靈芝堅持以日本語持續寫作；錦連從自喻為一隻傷感而吝嗇的蜘蛛，從惜言到多語；羅浪則守在他的一隅，踽踽獨行。在交織的三人像中，既讓人看到時代情境，也看到各自風景。

羅浪曾在《笠》譯介過日本「荒地」詩人鮎川信夫（1920~1986）和田村隆一（1923~1998）的詩，也譯介了「列島」詩人關根弘（1920~1994），「歷程」詩人那珂太郎（1922~2014）的詩，更譯大岡信（1931~ ）的兩篇詩論：〈「俗」的釋義〉和〈「詩」與「非詩」諸論〉。那段期間是他與同伴在《笠》努力墾拓的日子。讓人想起吳瀛濤（1916~1991）一九七一年三月在台大病房有感而發的〈天空復活〉以及回應在白萩詩的〈復活天空〉。那個時代的《笠》真令人懷念。

晚羅浪一輩大約二十年的我輩，在《笠》的園地親炙過他們這一世代的行誼，形成某種詩性精神，在世代的傳遞中蔚成《笠》的集團性風貌，也會在個人性中呈顯吧！但繼起的世代是否也有所傳承，繫根於經歷雙重殖民性歷史構造的本土詩文學基盤呢？

在生的背影凝視死的容顏

三月十日上午，接獲杜潘芳格辭世的消息。她是長我二十歲的前輩詩人，屬於跨越語言的一代。與她相同世代的笠同仁，詹冰、陳千武、錦連、張彥勳、羅浪、蕭翔文、明哲、李篤恭、黃靈芝及陳秀喜已過世。碩果僅存的是林亨泰。

陳秀喜與杜潘芳格是笠前行代中僅有的兩位女性，陳開朗、外向；杜潘拘謹、內向。熱冷有別。熱心笠的象徵性社務的陳秀喜，曾以社長身分活躍於詩壇、文學界；而勤讀日文版世界思想書籍的杜潘芳格，在基督長老教會裡的活動較多。有姊妹情誼，都似無太多交集。陳秀喜在台北、杜潘芳格在中壢，社交情境有別，也反映了兩位女詩人的差異風格。

初識杜潘芳格是一九六〇年代末的事。那時候，我剛加入笠詩社，因參加活動，與一些同仁到她中壢的家，樓下是她先生杜慶壽的耳鼻喉科診所，隔鄰則是台灣基督教長老教會。在她家裡的書架，我瞥見諸如《世界思想家大系》的精裝日文版套書，對於她涉獵哲學、思想書系的印象極為深刻。這也是我對她詩作裡思想深度別於一般詩人，更別於女詩人，有所知曉的一個原因。

一九七〇年代、一九八〇年代，我多次執編笠詩刊，常向杜潘芳格約稿。她因跨越語言而深受語言文學無法準確呈現詩情詩想困援的情形，感同深受。常常與她在電話中或晤面推敲詩行詩句的妥切性。看得出她的苦惱，既有千絲萬縷，但卻找不到存在的場所。詩人的語言及其思想是詩之為詩的重要課題，杜潘芳格和她同時代台灣現代詩史中，因政治特殊條件，從中國隨中國國民黨流亡來台的許多詩人並沒有同情的理解。台灣本土的許多戰後出生，成長的中文世代處境也一樣。

我以木、水、火、土的五行意味，分別形容林亨泰、詹冰、陳千武、錦連，是我長期親近、觀察，感知這幾位詩人的概括性認識論。陳秀喜與杜潘芳格不在這樣的論列，但我以〈死與生的抒情〉寫她們的一篇隨筆，仍然是我對她們相對觀照。死的抒情是杜潘芳格，生的抒情是陳秀喜。杜潘芳格的詩是思想，而陳秀喜的詩是生活。杜潘芳格是戰後台灣現代詩人中，少有的在觀照視野中具思想深度的詩人。

為什麼這樣?就是這樣!

得知杜潘芳格辭世時，我想到她的生日：一九二七年三月九日，竟與死日只隔一天。更特別的是，二二八事件在花蓮鳳林受難的張七郎、宗仁、果仁三位醫師，她稱為姑丈及其兩位子嗣的親人，被一九四七年三月九日，在基隆登陸的中國國民黨軍隊殺害。冥冥之中的偶然與巧合，牽繫著個人與台灣的歷史。

生日

杜潘芳格

三月九日
是　我的生日

可是
花蓮鳳林　太古巢
親愛的姑丈　併兩位舅舅　被慘殺的二二八
殺人軍團，惡魔軍團　登陸本土玄關基隆港
是一九四七年三月初九。

從此
不再慶祝
請勿向我說

「生日快樂」。

我正在
找尋，
我衷心能喜悅慶祝的
我的心靈的生日
新的，
太陽和月亮。

在某種意義上，杜潘芳格也是二二八事件受難家屬，她的心電創傷就是橫越在台灣土地上的外來統治權力肆意的殺戮。文化（語言）和政治（殺戮）的雙重困厄，壓迫著她以及其同世代的詩人。在日本，這是杜潘芳格出生、成長初期的國家像——「荒地」詩人集團隱喻而對戰敗廢墟而必須跨越，正是成為異國，卻又相同的情境。日本的詩人們因經歷二戰的敗亡，而面對廢墟。台灣的詩人呢？面對降服於另一個殖民統治，面對殺戮。新的太陽和月亮是什麼？也許，就藏在杜潘芳格詩的行句裡。

她不像陳秀喜，在生活題材中發現生的喜悅，而是在人間情境裡凝視著死。靜靜地咀嚼著糾葛在人間的愛、慾、悲、歡，呈顯一種哲學的探照，一種存在的摸索。這幾年，年邁的她在中壢的家，較少外出活動。常在電話裡聽到她話語裡的喟嘆，對人事物的看法，已然衰老的感觸不只經由電話，也在見面時流露出來。她會問，誰怎麼樣了？默默地透過一些資訊，她仍然觀照著周遭的朋友。有時也不免對自己的詩壇位置有所感觸。但這不只是她，而是台灣本土詩人普遍的處境。歷史並未重建，就如同轉變正義並未處理，特別是文化，仍然被宰制在從戰後以來就偏失的統治——外來統治體制駕馭的氛圍。有多少台灣詩人、作家、學者參與在那樣的權力圈，仍然未見清理。

杜潘芳格的夫婿——杜慶壽醫師，是特別的人。他總在杜潘芳格身邊，默默地參與她的文學活動，是她的支持者。杜潘芳格最早的詩集，以漢日對照的《慶壽》就是以先生之名為書。一語雙關，既慶祝丈夫生日，也奉先生之名。兩人出雙入對，在杜慶壽仍然在世時，那是令人欽羨的眷侶。大家都稱呼他：杜醫師，而她則是先生娘。先生在日本社會，是對詩人作家，醫生和老師的稱謂。杜潘芳格和笠跨越語言一代的台灣詩人們正是日本時代養育成長的，我輩一些在笠的戰後世代，有幸浸濡那樣的教養性。我曾經提及教訓和教養，在歷史與文化裡，也多少出自那樣的薰陶。

如今，杜潘芳格也隨著她的夫婿，辭世了。一位在台灣特殊歷史構造裡產生的女詩人，她未能在二戰之後的青春時期發揚（只以後來出版的少女日記，彌補了時代的空缺），必須在一九六〇年代才重新出發。比起世界其他國家，一九二〇年代都在二戰後即登場，晚了將近二十年。就如同笠，必須等到二戰結束後第二十年，才得以創刊。這種特殊的歷史、存在著台灣文學史必須面對的嚴肅課題。

戰後台灣文學史，特別是台灣現代詩史，仍然處於過度偏重在台灣的中國，而輕忽台灣的台灣。標榜中華民國文學史是這樣，標榜台灣文學史亦然！跨越語言一代的詩人們在文學史的特殊際遇，一直到一九八〇年代後，才有些許被探索。陳秀喜和杜潘芳格兩位女詩人，也都在論文研究或文學資料彙整上，有些補救。但這些細微的光是否成為文學精神史的基盤條件，引領著詩的發展走向呢？未必！台灣的詩人不知台灣的詩人，從政治公害到商業公害，病理一直存在，竟至於讓人感到文學的無用！文化的邊緣的邊緣！杜潘芳格的生之際遇像是委屈在暗處，走完了九十年的人生。

在詩裡凝視死亡的杜潘芳格以詩銘刻她的人生，她形之於文字的言語未盡能抒發其心，坦露其志，藏有許多秘密，慧眼方能洞觸。心有所感，以一首詩向其靈魂致意。

芳格誌

李敏勇

—為杜潘芳格（1927—2016）

早春的風景
書寫著你生與死的隱喻
被夾在歷史裡

你也是被時代窒息的名字
悲喜說不出口
叫不出聲

在基督也是佛陀的
天上人間
你的冷眼靜靜地燃燒

牽繫著一行一行詩句
那是在彼方等待你的慶壽
你是從這裡奔向他的芳格

異端的存在，異質的顯影
——追悼黃靈芝

三月春，濕冷的天氣仍然徘徊在島嶼各地。先是傳來杜潘芳格辭世的消息（2016年3月10日），接著小她一歲的黃靈芝也在二天後（3月12日）離開人間。他們的人生之旅都算長，也都留下深刻的文學形跡。但是，在特殊的歷史構造中，並不被自己國度的人們知曉。

說是跨越語言的一代，從日本語而通行中文使然，未盡如此！還存在著戰後台灣文學史中的外來殖民黨國體制排擠現象。這是時代的不幸，被強制的中國語文以及依附中國國語文的意識，在文化和政治糾結的台灣文學史視野，忽視或刻意排斥了在自己土地的聲音。因為這些聲音是瘖啞的存在，見不著光。

黃靈芝（1928-2016）在台灣的「中國文學」研究者，或以台灣文學之名卻不脫中國文學之實的研究者眼中，彷彿消失的形影。尤其像黃靈芝這樣，除了曾有吳濁流主持的《台灣文藝》發表過譯為中文的小說〈蟹〉以及在《笠》的中文詩作、俳句，大量作品都以日文發表，或在日本出版。台灣文學始終存在著這種未解的課題。

黃靈芝早期發表在《笠》的詩，收錄在《美麗島詩集》裡，有〈狗〉、〈進化〉、〈因緣〉、〈牛奶〉、〈蟬〉、〈約定〉。在《美麗島詩集》的作者簡介，黃靈芝留下他的詩觀：

- 我相信「詩」是一種靈性，像光一樣閃閃出沒。以顏料畫出這「詩」的叫做音樂，而以文字寫出來的就是平常稱為詩的文藝上的詩。換句話說，「詩」存在於所有藝術裡，沒有蘊藏著「詩」的作品，成不了藝術品。
- 藝術之所以能給人有一股感動的力量，是因為「詩」就是感動的根源。
- 所以，成功的藝術品必能令人感動。
- 所謂感動就是「同感」的一種。一種帶有驚奇的同感。所以成功的藝術品必定是「新」並「合理」。

即使在現在的笠同仁中，不知不識黃靈芝的應該大有人在。這是因為他很早就不在笠活動，或發表作品。一九二〇世代，他的同輩，一九三〇世代，稍晚於他的後輩，有所交往。一九四〇世代，或因一九六〇年代，一九七〇年代的詩社活動，或多或少認識，晚後世代沒有機會相知相識，陌生是必然的。

一九七〇年代，我執編《笠》詩刊時，黃靈芝發表了一系列漢字、日文，甚至法文對照的俳句詩（有些僅為漢字中文，以「片詩」為名），是他在笠的形影。

・天地間　划影一鞦韆（日文略，法文略，下同）
・春星明　軍鞋重
・田間彩虹樹　少年人夢多
・古都在　遊子歸來鳳凰紅
・晨曦露素臉　高山元日晴
・福字紅　移民村
・五月節　故鄉紙魚肥
・戰事在人間　電視機上金魚悠閒

俳句詩，以漢字中文當然不若日文有其韻味，但黃靈芝的詩眼獨具，仍然突出。「春星明　軍鞋重」就常讓我想起服兵役時，春天的夜晚行軍演習的氛圍。天上有星星的春天，夜晚行軍的腳步聲沉重地響著。

黃靈芝以「詩」貫穿其雕刻、美術、詩歌作品，他還是小說家、民俗研究者。認為可以用各種不同語言文字，他還兼具創作其他藝術作品的能力，研究古銅器，收集也雕刻螃蟹造形物，一九七〇年，第一屆吳濁流文學獎獲獎作品〈蟹〉，以他學生時代得肺結核之病體驗的忑亡主題為核心，是二十歲時的日文作品，四十歲譯為中文。內容是患氣喘、飢餓的一位老乞丐，在街巷的垃圾箱找廚餘果腹，遇見一位醉漢，賞他蟹料理，食髓知味，到海邊找蟹，卻無意中吃到人骨，產生罪惡感。身心俱疲，死於海邊，屍體流落大海，充滿異質性的一篇小說。

他的臉常使我想起日本卍說家芥川龍之介，消瘦的靈魂就在臉上。芥川喜愛的良寬句子：「君看雙眼色，不語似無愁」，似乎也是黃靈芝的寫照。住在草山的別墅裡，出身台南府城世家的他，書香門第，一門俊秀。一九七〇年代吧，我曾與趙天儀、李魁賢應邀去他家。女主人被他支離出外，由他親自下廚。隱於草山的黃靈芝，彷彿與世隔絕，只浸潛在藝術的世界。他就是這樣純粹的一位詩人。

一九八〇年代末，台灣筆會成立後，日本學者岡崎郁子教授到台灣的年度行程，在交談中提到台灣文學中異端的的系譜，我告訴岡崎教授說，要說「異端」，黃靈芝就是真正異端的存在。專注日本語台灣文學研究的岡崎郁子對於黃靈芝的重視，反映在她的相關著述中。知已知音莫若此，黃靈芝在岡崎郁子筆下的不斷探觸，並出版了《黃靈芝物語》。下岡友加編集的《黃靈芝小說選——戰後台灣的日語文學》也在日本出版。

主持「台北俳句會」的黃靈芝也是「台北歌壇」的會員，是短歌的歌人。日本五七五音節的俳句和五七五七七音節的短歌是他專注的詩歌形式，他在一九九〇年代更推廣灣俳，是一種漢文俳句。二〇〇四年，日本第三回「正岡子規國際俳句賞」頒給這位台灣出身，卻長於日本語寫作多才多藝詩人。二〇〇六年，真理大學舉辦的第十屆「台灣文學家牛津獎」，是三十六年後，國內再度頒給他的獎項。

黃靈芝的過世是一九二〇世代台灣文學藝術界陸續凋零的一個例子。跨越語言的這一世代原本在世界各國都在戰後嶄露頭角，登上舞台。但是，從日本殖民而國民黨中國殖民，他們在文化和政治上都受到傷害。以中國流亡來台，依附在黨國權力的詩人、作家為典範的戰後台灣文學界，常常是鼓聲不響，鑼聲振天。像黃靈芝這種純粹的異端存在，異質顯影，處於灰暗地帶，更是自己國度的異鄉人。

在自己國度成為異鄉人的黃靈芝，用自己國度以前殖民的日本語留下他生之證言，這些證言應該也會轉譯為本國語文，被更廣泛地閱讀吧！但，什麼是本國語文呢？有單一的台灣本國語文嗎？台灣的特殊歷史構造，近現代經歷日本殖民及國民黨中國殖民，雖然已逐漸民主化，隱約看見自己的國家在形塑，但本體與主體的形成仍然不明確。在這個土地上生活的人們，何時，如何真正與這個土地的文學心靈對晤？這還有待文化的自我重建與振興。這是一條漫漫長路，也是一條未知之途。

《笠》的路，戰後臺灣詩重建的路

因為編選《笠的臺灣詩風景》和《笠的世界詩風景》這兩本《笠》五十年一年一選詩、譯詩，我重溫了舊夢，展讀自一九六四年六月創刊的詩誌。歷經兩年多時間，從二九二期（2012年12月號），以每期追溯兩期詩與譯詩的進度，並在二〇一五年春的年假期間，加快速度，終於完成了。

因為重溫舊夢，我的梭巡腳步是從時間的過去延續到現在，回顧我二十多歲之路開始參與《笠》，在一九七〇和一九八〇年代之後淡出《笠》的事務迄今的長時期的詩誌行跡。已進入六十歲代的我，對於自己人生中的《笠》長時期印記和光影，既有切身之感，也有關連之情。

《笠》五十年的前半期，是我在四十歲代之前投入的詩業。若以三〇〇期計，那就是第一期至一五〇期，其中，一～二十多期是我參與《笠》的墾拓時的追溯，後來的二十多期到一五〇期期間才有真正留下的足跡，創辦人群中的吳瀛濤年長些，詹冰、陳千武、錦連、林亨泰那時大約是四十歲代，而趙天儀、白萩是更為年輕的三十歲代；陳秀喜、杜潘芳格和李魁賢也都是四十、三十歲代，對於二十代的我輩，陳明台、鄭烱明……對前輩之執禮恭敬、尊重，視為傳承，教諭之先行世代，從中學習詩之為詩、詩人之為詩人的課題與教養，以父執和兄長之輩待之，就這樣走上詩人之路。

《笠》在我輩加入為同人時，已逐漸站定位置。五週年三十期時的五年詩獎，選入社內社外詩人作品，並在第一屆《笠》詩獎時，在創作、翻譯和評論，不分社內社外評選出相關獎項，參與詩壇的交流。儘管曾經面對過《藍星》和《創世紀》以及更早時期《現代詩》留下來的詩壇局面的另眼相待，但從一九四五年到一九六四年的戰後二十年沉寂、困頓，再度萌芽、發聲。相對於台灣球根的另外一面，來自中國球根的另一現代詩傳統，畢竟，陳千武後來在日譯本台灣現代詩選《華麗島詩選》序言：〈台灣現代詩的歷史和詩人們〉所說的源於日治時期的台灣新詩運動乃至現代詩運動所形成的球根，窒伏於地層下根球，發芽、成長、茁壯、開花、結果的形影。幾乎每一位創辦人都在創作、翻譯、評論，竭盡心力，以彌補二十年的空白。他們在填補被中斷的歷史，在證明臺灣現代詩的傳統並非只來自中國，也在證明只引伸來自中國的新詩和現代詩傳統，是不足的。我輩在那時期努力汲取他們墾拓的成果，不只從創作，也從翻譯，特別是譯介的詩與詩論。

一般在述及《笠》時，常以「本土」界定或概括這個詩社的集團性努力。而「本土」

被侷限在臺灣，隱約之間又與某些自以為的「中國」所占據的語意領域相區別，有邊緣性的歧視。其實，《笠》的本土，是立足點臺灣的自我認同，與國民黨政權在臺灣的漂流性不同之處在於定置。國民黨中國的他者性影響的文化氛圍一直無法落實台灣，與臺灣本土立場的的主體意識大不相同。《笠》初期面臨的睥睨不只是文化的，也是政治的。後來的形勢是文化大於政治。因為國民黨在臺灣已無戒嚴條件，民主化釋放了政治控制力，但文化上仍然存在著偏頗的歧視性。

探察《笠》的努力，應該要放《笠》在世界詩的譯介多投入眼光。《笠》創辦人群跨越語言的一代，在日治時期從日本語譯介的世界現代詩動向汲取營養，從日本語跨越到漢字中文，在《笠》創社、創刊後，積極致力於譯介世界詩與詩論，作為戰後台灣現代詩發展的視野。從日本的詩歌以及同樣受過日本殖民統治過韓國的詩歌，並擴大之世界不同國度在日本語譯介的詩歌。

《笠》創社、創刊之後，戰後臺灣現代詩的本土球根傳統開始發揚，不再只局限於一九五〇年代的獨尊中國新文學運動的新詩傳統，而另揭示本土已形成、在戰後初期因國民黨中國政權的排日政策、故意歧視忽略的根源。而在《笠》創社、創刊後，以《創世紀》為代表的詩人群從標榜超現實主義的前衛性逐漸走向崇尚「純粹經驗論」的主張，從古典中國詩歌尋求營養，一反一度的橫的移植論轉回縱的繼承論，甚至連對超現實主義的解釋也從古典中國詩歌經驗爰引。旅美詩人葉維廉的詩論似乎提供某種影響，而主要的原因則應該是缺乏當代世界動向的新的理解，（曾集體在詩宗社的詩風對這種面向有所顯示呈現。

相對於此，《笠》的本土與世界，在創作和翻譯都展現努力。以非馬、杜國清、許達然、李魁賢、陳明台以及莫渝、林盛彬為主的一九三〇世代、一九四〇世代，甚至更年輕世代的譯介努力、延伸前行世代的視野以及經由日本語的條件，直接從英、德、法、西語引介更廣泛的世界詩，更見證《笠》本土之外的世界視野。

《笠》的臺灣性不是連接中國的新詩運動，也不連結中國的古典詩歌情境，而是在方法論指向世界詩歌運動的視野，精神論指向現實性的視野。雖然，因為《笠》的同人多世代，兼及各種風格，也有少部分同人的詩風連結中國古典詩歌情境及中國新詩運動，但《笠》的主要動向並非如此。這只要詳看《笠》的主要評論動向和譯介動向就會瞭解這種傾向。

《笠》作為泛本土性或本土化的詩運動和以《藍星》從縱的繼承論和《創世紀》橫的移植論發展出來的在台灣泛中國性或中國化的詩運動，儼然有延伸自兩個球根論發展出來的分立路線。用這種觀點或許更能觀照或探察戰後臺灣的現代詩歌發展。這樣的發展並不因為詩社、詩刊沒落化，報紙副刊成為較重要的發表場域而改變。《笠》的動向並沒有改變台灣執於文化中國性或文化中國化的這種路向。究是原因，也許是教育、大眾傳播仍然堅守著這種路線，超於文言雅語，不著重於現實經驗，而在觀念論，人生情境著墨，文人性重。

以繪畫比擬，著重於內向性山水渲染之筆墨玄秘，而非生活經驗的凝視，著重的是感覺而不是精神，是感知而非批評性格。

《笠》在一九六〇年代、一九七〇年代、一九八〇年代曾經經由世代性和時代性積極對應，在本土詩文學的重建呈顯運動性，在創作、翻譯和評論有一番作為。一九二〇年代、一九三〇年代和一九四〇年代同人，在他們四十幾歲、三十幾歲、二十幾歲登場，都投入了二十多年時光，也因為至少有三個世代的共同努力，才能在一般文學運動、詩歌運動大約五到十年，而能持續二十多年的歷程。一九九〇年代的二十多歲同人、三十多歲同人、四十多歲同人，應是一九七〇年代、一九六〇年代、一九五〇年代《笠》的新血輪，在《笠》五十年的後半期，四分之一世紀時光，留下的是另一種足跡。

從一部「風車詩社」紀錄片談起

《日曜日式散步者》——一部「風車詩社」的紀錄片試映邀請，我因另有它事，未能出席。幾天後，到一家影城去觀賞，一間大約五十席的放映室，幾乎滿席。二個多小時的影片，重現歷史的光影在緩慢的語調中結合經典的音樂敘述著。有幾個人在放映中離席，但大多觀眾屏心靜氣地在過去的時間隨著故事回憶那一段幾乎被遺忘的歷史。

說被遺忘，幾乎是，其實這幾年，大學文學系所也有不少相關研究論文——這對於發刊二年，五期，每冊約七十多頁的詩刊，並不算少。但，以超現實主義的前衛詩運動，在一九三〇年代中期留下的歷史，意義的重量畢竟不一樣。台灣新文學發展自日治時期，大多是以日文，在戰後的中國語政權被掩埋了多時。即使仍屬於近現代，卻彷彿久遠久遠。

我去看這部紀錄片，遇見一位與「風車詩社」成員同樣是台南人的畫家，談到一九三〇年代，台南的都會區和鄉野區併時出現的「風車詩社」和「鹽份地帶詩人群」，分據在現代性的藝術論和社會論立場，以純粹和介入分立的事實觀照立場。這種發展是世界的普遍現象，受到日本以及經由日本來自世界影響的台灣近現代詩，或者說文學、藝術運動莫不如此。這不是零和的遊戲，而是相對論的立場。

若套上政治術語，無非就是右派和左派，或自由派和左派（左派，在專制主義政治當道的時代，先天上有道德瑕疵，所以顯示自由派的意義。）但，即使藝術論、純粹性的「風車詩社」同人也有人在二二八事件被關，在白色恐怖的一九五〇年代初期被處死刑。台灣的詩人們，在二戰後面對據台統治的國民黨中國政權，有著共同的命運。

看完「風車詩社」的紀錄片《日曜日式散步者》，我在自由時報的專欄，發表〈風車再現，歷史重建〉，談了我對這段歷史或說文化史的感想。詩比歷史更真實，重現「風車詩社」的歷史，也是重建台灣的文化史，重建被埋沒沒有歷史。

風車再現，歷史重建

李敏勇

一部以一九三〇年代「風車詩社」台灣詩人群為背景，以他們視野追敘超現實主義詩運動延伸到終戰、二二八事件、五〇年代白色恐怖時代的紀錄電影《日曜日式散步者》上映了。延遲揭露的歷史，凸顯了戰後台灣被政治宰制的許多文化課題。戰前與日本同步、與歐洲並行的近現代台灣文學、文化視野被再現出來。

水蔭萍（楊熾昌）、林修二（林永修）、利野蒼（李張瑞）、丘英二（張良典）以及幾位日本人，以府城台南為基地發展的前衛詩，對照的是同樣在台南的鹽分地帶現實主義詩運動。由佳里等濱海貧瘠地區吳新榮、郭水潭、王登山、青陽哲（莊培初）等人為代表。這兩種現代性發展，是世界各個國家在近現代化文學歷程的並存視野，分據了純粹派與參與派的立場。

藝術論與社會論的兩種詩運動，同樣在台南留下歷史形跡。這樣的文學本來都是台灣新文學或現代文學的原點之一，但在二戰後台灣被國民黨中國占據統治後，因為文化（語言）和政治因素，都曾被視若無睹。從中國帶來新詩、現代詩、新文學火種的謬論、大話，就如同「光復」、「解放」台灣一樣，扭曲了台灣歷史發展的真相。台灣近現代文學並非始於戰後，而是朔自日治時代。

一九五〇年代到一九六〇年代，以中國來台詩人為首，紀弦的「現代詩社」、覃子豪等的「藍星詩社」、洛夫、瘂弦等的「創世紀詩社」都曾在現代主義的意義立論。在日治時期台灣詩歌運動幾乎全被漠視之下，儼然先行者群，也影響了台灣詩文學運動的發展，迄今問題仍然存在。就如同政治仍然糾葛於中國意理、屬性，國家重建和社會改造面對的文化難題。

一九六四年，彭明敏師生發表〈台灣人民自救運動宣言〉，吳濁流創辦《台灣文藝》、陳千武等人創刊《笠》，台灣歷史詮釋和文化權重新展開。陳千武在一九六〇年代末，在日譯台灣詩集《華麗島詩集》序，提出兩個球根論，主張戰後在台灣的現代詩，分別來自日治時期已形成的傳統和戰後從中國移入的傳統，改變一直以來源自中國的謬說。

重揭一九三〇年代「風車詩社」詩的超現實主義運動，藝術論的楊熾昌、張良典在二二八事件後被關，李張瑞更在五〇年代初被處死刑，更是歷史重建的一部分。包括戰後來台詩人、作家、有些當代的台灣文學工作者，與其汲汲於對原來也被國民黨中國拒否的共產黨中國文學尋求連結，更應對台灣被遺忘、被排斥的文學資產投入探尋、追索。重建台灣文學史，重建台灣文化發展的歷史視野，台灣才能形成真正的主體意識。要追尋、發展自己的國家，不能不奠基、建構自己的文化礎石。

自由時報「鏗鏘集」，二〇一六年九月二十一日

「風車詩社」的靈魂人物楊熾昌（水蔭萍），我在一九六〇年代末曾有緣在《笠》的聚會相遇相識。那時，他對《笠》是有期許的，對我輩這樣剛出道的年輕詩人也有期許。一九七〇年代初，我曾寄呈詩集給他。他很客氣回信，我重新檢視他的信函，其中「現在是你們的時代了！」讓我感受到他的心情。帶有被歷史挫傷和對台灣懷有期待的語境，迄

今依然敲打著我的心。

《日曜日式散步者》不只對「風車詩社」諸同人，楊熾昌（水蔭萍）、林永修（林修二）、張良典（丘英二）、李張瑞（利野蒼）……有所觸探，也觸及了鹽份地帶詩人群，對一九三〇年代的世界前衛詩運動和日本的前衛詩運動，也有所探索。當時的台灣，因為被日本殖民，也從日本汲取文化營養，不只是日本的也是世界的。

《日曜日式散步者》片中，也引述了林亨泰一首詩的片斷。在一九五〇年代，曾為紀弦的「現代派」運動提供理論基礎的林亨泰，以日本的《詩與詩論》和「風車詩社」有所連結。一九三〇年代，以「風車詩社」為場域的台灣前衛詩運動，在一九五〇年代，經由林亨泰再度藉由從中國來台詩人的提倡，點了火也加了水，形成戰後以中國之名以通行中文表述的台灣現代詩又一個起點。陳千武的兩個球根論說法，引證在這種歷史發展，更見具意。

近現代詩的發展，在台灣，因為從日本語而通行中文，從日本到國民黨中國前後雙層殖民政治和文化構造，詩史也有雙層性。從第一次現代性，前衛性到第二現代性和前衛性；一九三〇年代的「風車詩社」（甚至包括鹽份地帶詩人群）是引入從日本到世界的理論和實踐性；而一九五〇年代是具由中國來台詩人作為文體，引用台灣詩人的理論和實踐。戰後台灣現代詩史的發言權和史觀常常囿於紀弦所謂從中國帶來火種和偏見，就在於此。

經由《日曜日式散步者》的發現，台灣的詩人們應該要有重建自己詩史的歷史意識，努力尋覓自己的傳統。不錯，戰後詩的發展有另一個外來球根的影響，但被掩埋在歷史裡我們土地的種子，在一九六四年，《笠》創社發刊之後，已揭示了這種詩史的新面向。本土的詩人們要有自覺，特別是《笠》的詩人們，有許多戰後新新世代，甚至出生於戰前，在戰後受教育成長，對戰前詩史空白化的同人們，面對歷史的動向，要有自我重建的歷史意識。

不能只對於中國的屬性，從前的國民黨中國，現在的共產黨中國，多次被殖民的台灣，要有殖民者的語言屬於台灣，但台灣不屬於殖民者，類似愛爾蘭詩人葉慈的「英語屬於愛爾蘭，愛爾蘭不屬於英國」的認識論，或說壯志，或說豪情，要重建台灣的詩史，就要面對日治時期的新詩傳統，從日文和漢文的台灣傳統尋求連結，並面對戰後加入通行中文這個球根的現實視野。

《笠》既有連結了「風車詩社」的藝術論，純粹派路線，也有連結「鹽份地帶詩人群」這樣的現實論社會性、介入派式或參與派路線。這是現代性的兩種面向，而非現代性和反現代性。現代性的文化性在兩種政治時，或隱或顯的現實與社會視野，反映在詩意的表現會呈現不同的詩藝風格和形態。

「風車詩社」的藝術論，並非逃避，而是一種主張，《日曜日式散步者》中引述「風車詩社」的詩人說法，他們並不是不關心現實，只是他們採取了一種自己更追尋的藝術態度。楊熾昌、張良典都在二二八事件被關，李張瑞甚至在白色恐怖時代因參加讀書會被處死刑（原判數年之刑，經蔣介石在紅筆批示改處死刑），應知藝術論並不是逃避論。

《笠》詩社的同人們，台灣的詩人們，應該去看看電影《日曜日式散步者》，進一步了解「風車詩社」的詩人們以及戰前已形成的台灣現代詩傳統，奠基在歷史性，累積在歷史裡，有我們發展的基石。延伸這樣的傳統，並創發新的形貌。《笠》的發展應該延續在這樣視野。

在發展之路的新視野

《笠》在一九六四年創社創刊，已是二戰後第二十年。因為臺灣脫離日治，並未獨立為自己的國家，而是被代表盟軍接收，進而被據台統治，而成為「中華民國」這個中國的屬地。中華民國以「祖國」的心態，遂行其所謂的「光復」，其實進行的是類殖民統治。二二八事件（一九四七年）是藉緝菸引發的事端壓制自治化要求，大肆殺害臺灣文化精英，以清除據臺統治障礙；白色恐怖（1950 年代）是以肅清匪諜名義對同屬流亡來台或滲透來台的知識份子文化大屠殺。從終戰到一九四五年到一九六四年，大約二十年間，本土是被高度壓抑的；即使中國，左派也是被壓制的。隱忍在這種形勢下跨越語言一代臺灣詩人，少數參與了從中國來台的新詩現代詩運動，大多數詩人隱忍在瘖啞之境。

《笠》創辦人群中的吳瀛濤、林亨泰、錦連，一九三〇世代的白萩、趙天儀、李魁賢，是較早參與中國在台新詩運動、現代詩運動的《笠》詩人，在運動性上，林亨泰和白萩較具代表性，他們兩人分別在《現代詩》和《創世紀》的重要據點發出光熱，素為標榜中國現代詩的詩史論述推崇，甚至用來壓制《笠》的前行代詩人形影。這些形影與中國新詩現代運動的主要差異，在於源於日本的新詩現代詩運動。如果不是二戰後臺灣被中國化，語文轉換以及政治因素，這些臺灣詩人應該在戰後詩的新舞台發出光芒。

一九二〇世代的詩人，在世界詩的動向，都是二戰後登場，嶄露頭角。與臺灣一些跨越語言世代的臺灣詩人相比，日本《荒地》的詩人群：田村隆一、鮎川信夫、吉本隆明……《列島》的詩人群：關根弘、黑田喜夫、長谷川龍生一樣；二戰後分裂為南韓、北朝鮮的詩人們，南韓的金春洙、洪允淑、金光林也都在二戰後順勢登場。臺灣的詩人詹冰、陳千武、羅浪、陳秀喜、杜潘芳格……都不得不在失語的狀況下，顛沛地尋覓自己的詩人之路，不只要面對從日本語而中文的轉化，也要面對政治困境。這些辛苦的墾拓有相當長的時間要忍受流亡來臺，新移入者在文化和政治的優勢排擠。更多人在自己的土地上退出詩的現場。

《笠》創社、創刊時，林亨泰和白萩從《創世紀》脫離加入這個本土陣營。他倆分別是一九二〇世代和一九三〇世代。林亨泰是與詹冰、陳千武、錦連一樣，與日本的《荒地》、《列島》這兩個詩誌主要詩人相同世代，而白萩則和谷川俊太郎、大岡信等，屬於一九三〇世代。日本有世代差距，例如田村隆一等人是廢墟時代，而谷川俊太郎則為感性祀奉時代。林亨泰和白萩和被壓縮的戰後臺灣詩人，同於相同時代。臺灣戰後詩的精神史動向有被時代扭曲的因素，被歷史擠壓。

最重要的是，二戰後台灣新詩、現代詩運動，側重於詩藝的革新，缺乏戰後詩想——反映時代動向的精神史視野。既非戰勝國，卻被虛妄的戰勝國引領戰勝意識；是戰敗國，卻無戰敗意識，無法呈顯戰後性。流亡在臺灣的中華民國以文化的中國因素、政治的反共意識影響臺灣的新詩、現代詩運動。率多中國來臺詩人，在《藍星》的抒情視野也罷，在《創世紀》的超現實視野也罷，沒有為戰鬪文藝、反共文學貢獻過作品的鮮有人在。如果像《納粹時期德國文學史》一樣，列載期間背離詩文學本質的作家作品，臺灣的《戒嚴時期臺灣文學史》，也會浮顯這些形跡。這在臺灣的文學史敘述中、鮮少提及，更遑論反思！

因為重詩藝、輕詩想，臺灣在戒嚴體制下發展出來的詩，爭奇鬪艷有餘，詩情詩想深度不足。著重形式主義、輕忽精神內容，詩之為詩走上高蹈主義、脫離現實，或遁入內心化擬古情境。詩社成多封閉的詩派集合，詩刊成為詩人們相濡以沫、附庸風雅的私舞台。詩——作為一個民族心靈聲音的說法，在臺灣似乎是不成立的。詩社、詩刊如此，報紙聊備一格而已，不讀詩也一樣生活，詩似乎是一些私語、一些夢囈。能觸動人們心靈的那種東西，在現實好像不存在、不可得。

《笠》作為本土詩人群的集合，在創社、創刊之始，有過積極重建詩文學的雄心壯志。要在我們的土地、我們的時代，痛痛快快吟唱出自己的詩。每逢雙月十五日出刊，超過五十年，持續不輟，多層世代、在多重時代譜獻出詩的意志和感情。我曾以「現代派」和「笠」

相提並論，因為「現代派」並非單純只是《現代詩》這個紀弦創辦的詩刊，而是糾集一群認同現代詩概念的詩人群的集合，透視簽署現代派信條展現集體意志，參與的詩人群可能來自不同詩社，或走向不同詩社。而「笠」也一樣，它的最大公約數是加盟參與者為臺灣本土詩人或認同臺灣的詩人，而個人的詩風格並不盡相同。創辦人群中：吳瀛濤、陳千武、錦連、林亨泰、白萩、趙天儀不盡一樣；陳秀喜、杜潘芳格不同；李魁賢、岩上、林宗源、非馬、許達然、杜國清各有形貌；戰後世代的拾虹、曾貴海、李敏勇、鄭烱明、陳明台、江自得、莫渝、陳鴻森、郭成義……又何嘗相同。在臺灣本土詩人的集合上，《笠》呈顯了它的集團意義，也因此，《笠》的有些詩人，出出入入，與《詩脈》、《蕃薯詩刊》、《詩人坊》……也有某種流變淵源。

如果十年是一個詩文學運動的適當週期，那麼，《笠》已經歷五個十年期。《笠》的第一個十年、第二個十年，甚至第三個十年，運動性比較明顯。後來，運動性相對減弱《笠》似乎不是運動性結合，而是以臺灣本土詩人這個要素結合，這是《笠》走過五十年，邁入六十年的考驗和挑戰。《笠》的詩人們應該要有問題意識，思考為什麼地存在論課題。多次提出對四十歲以下世代期望的我，回想自己在一九七〇年代，一九八〇年代參與、投入《笠》的熱情，仍然這麼期待一新面貌的《笠》再揭起詩運動的大旗。

比起政治運動，比起經濟運動，臺灣的文化運動相對於薄弱。但是一個國家，一個社會，必須奠基文化體質，才能真正自我重建，自我振興。詩是文化藝術的核心性存在條件，關連著文學、美術、音樂……這種意義的形式會在精神史的領域煥發光彩或暗淡無光。詩人應該是有這種問題意識，而不僅僅吟詠行句，堆砌行句。不斷探尋意義，讓意義的形式呈現出藝術之花，邁入二十一世紀第二個十年代，走在歷史的新路，《笠》的詩人們要努力向前！既已走過舊時代，突破了困境，更要在新時代開創新境，這樣才能形成台灣現代詩的傳統形貌——立基於本土，有世界視野，在詩藝與詩想兼具現實精神與藝術光彩。《笠》不只要抵抗，也要自我批評！要有問題意識，要變革求新向前邁進！

III

《笠》的見證・詩史的課題

在那戒嚴的時代

我在《笠》二十七期（1968年10月號）發表的第一首是〈塔〉。這是一首小詩，描述的是寺院的尖塔，呈顯某種禪意風景。那時候，《笠》正要發刊五週年，設置「笠詩獎」，項目包括：詩創作獎、詩評論獎、詩翻譯獎以及詩人傳記獎。設置辦法中，說明第五年起，每年舉行。但是，並未持續。

這些獎項，在《笠》三十期（1969年4月號）公佈的初選名單：詩創作、詩評論、詩翻譯三項有多方名單；詩人傳記類從缺。《笠》三十一期，公佈得獎名單：詩創作獎，由《還魂草》（周夢蝶）；詩評論獎由李英豪的《批評的視覺》；詩翻譯獎，由陳千武以《日本現代詩選》，分別獲得。評審委員是葉泥、洛夫、瘂弦、趙天儀、桓夫（陳千武）、白萩、楓堤（李魁賢）、余光中、林亨泰。九位評審委員中，主辦單位《笠》有五位，而獲獎者並不限於《笠》的同仁。

《笠》創刊五年，以「笠詩獎」介入台灣現代詩壇，不無建立發言位置的考量。《笠》

的與人為善，克服了創刊之初，以紀弦為代表的傳自中國大陸的現代詩火種的偏見，隱約顯現了台灣現代詩的另一個詩球根的立論。戰後台灣現代詩史的一九六〇年代，《笠》從創刊之始的倍受另眼相待，甚至被譏為土撥鼠，勉強站穩腳步，稍稍鞏固了陣地。

一九六〇年代，台灣剛走過五〇年代鋪天蓋地的白色恐怖。但是，仍屬戒嚴時代。吳濁流創辦《台灣文藝》與十二位台灣詩人共同成立笠詩社，創辦《笠》詩刊，對照彭明敏與兩位學生發表〈台灣人民自救宣言〉而不得不歷經入獄、出亡，時代的氛圍充滿禁制性。而台灣的一些詩人們，特別是跨越語言一代詩人們，在時代轉換的深淵掙扎，克服沒頂的苦難，再度發聲，可以視為戰後臺灣現代詩史的新頁。

在《笠》發表作品，並獲邀加入「笠詩社」，可以視為一種認同的選擇，也是一種歸屬的抉擇。我在加入「笠詩社」之後，有很長的時期只在《笠》發表作品。在那樣的時代，即使《笠》與詩壇並無敵意，仍然因為「笠詩社」深具台灣性、同仁較多為台灣本土出身的詩人，而可能被另眼相待。戰後臺灣現代詩壇的霸權，在某種層面，是與戒嚴體制的黨國性相呼應的。即使高唱現代主義和藝術至上，卻又與反共國策陳倉暗渡。有許多詩人，迎合戰鬥文藝的國策動向，歌頌過不真實的感情；參加過戰鬥文藝詩文比賽，寫一些只為表態，得獎，而不收入自己作品集的詩。

加入「笠詩社」時，我人在臺中。《笠》的跨越語言一代，大多在臺中。因緣際會，得到諸多啟蒙與教諭。我從單純的舞文弄墨而得到歷史感的教示，對於語言的精神有新的體會。因為在臺中，與跨越語言一代的創辦人群：詹冰、陳千武、林亨泰、錦連較有接觸；陳秀喜和杜潘芳格兩位前輩女詩人，也常見面。因緣際會，也與小說家楊逵以及在臺中的一些畫家、文化人有接觸；張彥勳和羅浪較少出席活動，偶而見面；吳濁流是《台灣文藝》的創辦人，在臺中的文學人聚會經常出現，也在那時候就認識；同樣從日治時期跨越到國民黨中國，那一世代的文化人；或是詩人、或是小說家、畫家、散文家，有相異於從中國大陸隨中國國民黨來台的文化人不一樣的心境。

初加入《笠》時，同在臺中的鄭烱明是最親切的同輩詩人；陳明台和拾虹雖在北部求學，但家在中部，常回到台中，也很親近，是一起談詩的同輩。後來，我們四人成為戰後世代中的「四季」詩人，分別以春、夏、秋、冬，各為拾虹、鄭烱明、李敏勇、陳明台定位，維持長時間的情誼。我們四人應該都視那時候較有見面的趙天儀、白萩、李魁賢為兄長輩詩人。較常談詩論文的，除了陳千武、林亨泰、錦連等跨越語言一代創辦人群，就是出生於一九三〇年代的趙天儀、白萩、李魁賢等詩人了。特別是白萩，他從臺南遷居出生地臺中，比趙天儀、李魁賢更有接觸機會。

拾虹、鄭烱明、陳明台與我，得天獨厚，有較多的機會從跨越語言一代詩人們，和出生於日治時代，成長於戰後，陳明台所謂「接點上的詩人們」身上、得到詩的啟蒙與教諭，甚至文化品性與人生教養。因為這樣的機遇，我們對《笠》有一種特殊的感情以及信念。

在那時期，陳鴻森及郭成義也活躍在《笠》，是比較有機會一起談論，切磋的詩友。曾貴海很早就在《笠》發表詩作、江自得也是，但兩位學醫、行醫，是到了一九八〇年代末才又重燃詩之熱情的同時代朋友，但那時期，曾與曾貴海在高雄火車站相遇，互相勉勵要在詩之路程加油，一直記在心裡。我們對於《笠》同樣有特殊的感情以及信念，自然對話較多。

在那戒嚴的時代，儘管跨越語言一代的臺灣詩人們克服瘖啞的困境，重新在自己的土地登場，但是，類殖民體制的政治形勢壓制的力量仍在。臺灣的文學基盤被以中國現代文學的視野看待，現代詩壇仍然在所謂的五四及其後的中國新詩以及現代派運動氛圍中開展。即使本土的《笠》，也必須在自己籌辦詩刊的詩創作、詩評論、詩翻譯、詩人傳記獎項中，因應當時的環境。

戰後的臺灣詩史是這樣展開的；《笠》的歷史是這樣展開的。在那戒嚴的時代，《笠》突破了困厄的文化與政治情境，克服了瘖啞，發出本土詩文學的聲音。不同的世代在那樣的時代填補一九四〇年代、一九五〇年代，描繪一九六〇年代詩的精神史圖像。戰後臺灣被禁制的詩精神史真空逐漸重新浮現。

是感情的歷史，也是意志的歷史

發表了〈遺物〉這首詩，我才真正走上詩人之路。這是我的一本書《雲的語言》（1969年，林白）出版之後事。《雲的語言》收錄詩和散文，是我的練習曲，除了一小部分，大多發表在其他報刊和雜誌。尤其是《南北笛》，羅行是詩人也是律師，他用很多篇幅刊載我的作品，並且推薦我的抒情性。把早期的作品寄交給詩人、散文家林佛兒，倖得出版，列入「河馬文庫」。系列中還有七等生的小說《僵局》、鍾肇政的小說《江山萬里》、葉石濤的小說《羅桑榮與四個女人》、（日本）松本清張的推理小說《零的焦點》等，預告中有白萩的詩集，但未見出版。

寫了〈遺物〉，我才真正覺得寫了第一首詩。這時候，我已加入《笠》，記得是趙天儀的引介，陳明台和鄭烱明的鼓勵。從練習曲的時期，從文學青年的時代，從不太有歷史意識與現實意識的階段，在接觸了《笠》之後，成長、成熟了許多。記得，初識《笠》的許多詩人，有一次到臺北參加年會，拾虹、陳明台和我…深夜逗留在臺北火車站廣場，大家都留著酒意，海闊天空天南地北的漫談之後，我撩起褲管，走入噴水池——那種年少輕狂的日子，好像隨興抄寫在筆記的話語，既是詩嘛好像是詩，說不是詩又不是詩。那樣的輕狂時代，在歲月的行跡中就像遺落在桌屜的手記，有時會因為翻閱而重新顯現。

〈遺物〉是以女性，一位陣亡者遺孀的視角發言的一首詩，是一首反戰詩，或說閨怨詩。這首詩後來收錄在我一九七〇年代上半期的《鎮魂歌》這本詩集。這一系列還有〈閃爍的死〉、〈焦土之花〉、〈輓歌〉……等。在那個時期越南戰爭的影子隨 B52 長程轟炸機停在台中的清泉崗基地以及美軍在台灣度假而彌漫著。反越戰的氛圍在世界其他國家形成學生運動，巴黎的六八革命、六七的捷克布拉格之春是抵抗蘇聯調動華沙公約的其他國家坦克入侵、阻礙民主化。但在臺灣，戒嚴體制下的青年頂多只仿效嬉皮的長髮，聊備叛逆的一格。

一九七〇年開始時，《笠》的編輯事務由中部，經北部而回到中部，我開始協助陳千武編務，在活版印刷的時代練習編排、落版、跑印刷廠。那時候，率先看到《笠》的內容，創作、翻譯和評論以及其他，都在編輯、印刷過程中，經過我腦海。彷彿某種洗禮，我在這樣的「詩人學校」受許多啟發，也奠基詩人的信念，奠定一個臺灣詩人的信念。開始寫一些評論，開始學習譯介外國詩。「坦米爾詩抄」十首（《笠》41 期，一九七一年 2 月號），就是從一九七〇年七月份和八月份合刊的《倫敦雜誌》（London Magazine）刊載英譯坦米爾詩人流傳下來的詩歌初譯的，也因為這樣，A.K.Ramanuyan（1929~1993）拉曼周安，成為泰戈爾・奈都夫人之後，我知曉的印度詩人，他在美國印第安那大學取得博士學位，後來任教芝加哥大學。《笠》四十二期，一九七一年四月號，我發表美國詩人摩溫（W.S.Merwin,1927~）的三首譯詩，更是我接觸這位英譯了許多西班牙語詩歌的美國詩人的開始。這些都是由《笠》的前行代詩人學習的詩人之路，詩人的功課。

《笠》自創刊之初，創作、翻譯和評論就兼顧。同人們有著一種在自己土地墾拓詩文學，燃亮文化之火的意志與感情。陳千武的臺灣現代詩兩個球根論，以傳承自日治時期以日文展開的詩根與戰後隨國民黨中國來台而傳來的中文詩球根相提並論，有文化的自覺。在那樣被壓抑的時代，自然要有群體的奮起精神，才能夠克服被殖民的文化和政治情境。比起美術和音樂，在文學領域的詩，因為面臨語言的障礙、困境更為嚴重。《笠》的詩人群，從創社創刊開始就面對著壓制狀的考驗。

《笠》的本土化加上世界性，是創刊開始就顯示的努力方向，外國詩的譯介自然成為努力的重要部份。不只日本、英語國家、法語國家、西法國家、德語國家，或僅由英語而譯介的世界其他國家詩人作品，都豐富了《笠》的篇幅。而臺灣詩壇在面對《笠》展開的異於「中國現代詩」的時，會聽見或看見輕鄙的「大多譯介日本詩」的評語。不錯，因此被日本殖民統治五十年，臺灣的現代詩是經由日本語發展而跨越過來的。但是其他語系的詩，《笠》的譯介也很豐富，或更豐富。

也因為《笠》的日本語條件，才有《華麗島詩集》的出版。《笠》三十九期（1970年10月號）的封底廣告，標示書本的字句

華麗島詩集
已經由日本東京若樹書房出版了
是中日文對照的中國現代詩選
即將在台灣販售
請向本刊經理部洽詢

台灣現代詩的兩個球根就是陳千武在《美麗島詩集》序論〈臺灣現代詩〉的歷史和詩人們，揭示出來的這本詩選也譯介了包括《創世紀》和《藍星》的詩人們，展現了兩個球根論的實證。《笠》的臺灣詩人們要在自己的土地上站起來，不想也不會刻意排斥共同在這個土地上墾拓的詩人。詩畢竟是文化的產品，是藝術的呈顯。我在一九七〇年代，在《笠》從五年邁向十年的歷程，因為更近距離參與編務，更能夠體認跨越語言一代和戰中世代（接點的詩人群）所追尋的詩之志業。

回頭看「第一屆笠詩獎」的名單；再看「笠詩社五年大事記」以及「笠詩誌——二十八

期觀日錄」（發表於《笠》三十期，1969年4月號），這樣的「笠詩史」，應該看出一群臺灣詩人經由創作、翻譯、評論及其他努力，追尋詩文學的歷史。這樣的歷史既是感悟的歷史，也是省思的歷史，是某種實踐的臺灣人精神史。

加入《笠》，作為笠的一份子，在異於國家體制文學教育氛圍的形塑之下，我這樣走過來。在那時期，我曾以「在野詩人」描述《笠》的形影。因為政治和文化體制都相對違和，在野詩人群只有更堅定地站在自己的土地，更真摯的探求詩之路途，更努力把握詩的真髓，才更能夠形塑詩文學的精神執跡。

一條不平坦的路

一九六〇年代的《笠》，自一九六四年六月號到一九六九年十二月號，共三十四期。作為戰後台灣詩史回顧，《笠》這三十四期的回顧成績不只是「笠」的同仁，也是詩史研究者不能忽略的一段歷史。

「笠」的十二位創辦人，共同屬性是出身於台灣本土，但詩的風格，主張不盡相同。在這三十四期的不到六年間，有一些新的同仁加入，也有包括屬於創辦人的原同仁離開。創辦人中，吳瀛濤（1916~1971）、詹冰（1921~2004）、陳千武（1922~2012）、林亨泰（1924~）、錦連（1928~2013）、趙天儀（1935~）、白萩（1937~）、黃荷生（1938~）、杜國清（1941~）等人；加上創社、創刊即加入的李魁賢（1937~），以及早期即加入的兩位女詩人陳秀喜（1921~1991）、杜潘芳格（1927~），形成「笠」的本土鮮明色彩。

本土，一直到一九六〇年代中期才得以聚眾形成。一九六四年吳濁流創刊《台灣文藝》、彭明敏與魏廷朝、謝聰敏發表「台灣人民自救宣言」在同一年共同成為歷史註記，是與戰後台灣的政治、文化氛圍息息相關的。台灣人的戰後並無法一九四五年展開。因為國民黨中國據台，接著發生二二八事件，之後國民黨中國流亡來台形成戒嚴體制。台灣處於瘖啞的時代。

在一般國家，像《笠》的創辦人群中的一九二〇世代，大多戰後在詩壇登場，以青年詩人之姿展現詩藝進而發展才華。但是戰後的台灣並沒有自我主體，與其說是「光復」不如說是「降服」。不只從一個殖民時代轉換到另一個殖民時代，還面臨語言的轉換，以日文為工具轉變到以中文為工具，讓許許多多有文學之夢的台灣人瘖啞化。

一九六〇年代，原是一九四〇年代的我輩登場的年代，但《笠》的創辦人群中有許多「跨越語言的一代」也在這個年代重新登場。他們同輩的美術家、音樂家雖然也承受了政治轉換的困厄，但至少不像詩人、小說家一樣面對語言轉變的折磨。不從這樣的視角去看跨越語言一代詩人們的困境，而只看到他們的語文難題是不厚道的。

謝里法以畫家、美術評論家的觀點曾經提出跨越兩個國度的作家、詩人，如果繼續用日文寫作，也許能維持一個源自日治時代已初具規模的文學傳統，寫作者和閱讀者或能構成一種文學社會？也不會讓一些日文閱讀者失去了閱讀文本。歷史不能倒退，如果能夠這樣，台灣或許可以維持日語文學條件，日語文學因為繼續成為台灣文學的成分。但戰後據台的國民黨中國仇日情結那麼嚴重，而且，台灣人曾有祖國的選擇、迷惘，等到二二八事件發生後，已來不及了！以地下文學的方式存在，可能嗎？戒嚴統治、白色恐怖的長時期，台灣文學的發展經歷多麼坎坷！

一九四五年終戰後到一九四七年二二八事件發生，台灣文學、藝術界與中國的文學藝術界接觸，尚能兼具左右意識。但之後，國民黨中國主導在台灣的一切，接著一九四九年，國民黨中國流亡來台。不要說台灣，連隨國民黨中國流亡來台的詩人、作家、藝術家都不見得有真正的自由空間。紀弦的「現代派信條」都要標示「反共」表態，「軍中文藝」大行其道。《笠》集結成社，並發行詩刊的時代，仍屬戒嚴統治時期，右傾化現象配合專制獨裁的政治宰制，僅留下微小的迴旋空間，容許文化的發聲。

《笠》詩刊與「笠」詩社，有些像《現代詩》和「現代派」的關係，一個詩刊加上一個詩人集團。《現代詩》和《藍星》對應的時代，大約同時期的《創世紀》仍在新民族詩型的主張，無法三分天下。紀弦的「現代派」解散，《現代詩》停刊後，一些勢力轉而投靠《創世紀》帶動了現代性的另一波風潮，以「超現實主義」為標誌的《創世紀》與《藍星》分庭抗禮，是自然的形勢。但《笠》的創刊，「笠」的成社，又裂解了《創世紀》的一部份力量，林亨泰、白萩回到本土陣營，形成《笠》vs.《創世紀》＋《藍星》的詩壇構造。一直到一九七〇年代初，「詩宗社」的曇花一現效應，其實是面對《笠》發展形勢的新集結，這是後事。

怎麼看一九六〇年代的戰後台灣詩史？怎麼看一九六〇年代戰後的台灣詩社構造？一般的研究者常以《現代詩》、《藍星》、《創世紀》、《笠》的刊物構造去掌握，是不足夠的。集團性條件和一本刊物之間，仍然存有構造的差距。一九六〇年代，《笠》打破了以中國大陸來台球根為是的詩學現象，陳千武所說是本土球根成為另一種力量。或者說，這是本土詩文學的復權。「現代派」並非單一詩社，而是加盟現代性主張的詩集團；而「笠詩社」也非單一詩誌而是本土詩人的集合體。

《現代詩》、《藍星》、《創世紀》、《笠》的構造；「現代派」vs.「笠詩社」；《現代詩》vs.《藍星》演變成《創世紀》vs.《藍星》；再而《創世紀》＋《藍星》vs.《笠》的形勢。這是一九六〇年代，「笠詩社」成立，發行《笠》詩刊以後的詩史構造。既有詩學的差距，也有中國性和台灣性的分野。

台灣戰後詩的兩個球根論，是陳千武的一種想像。這種想像是單方面的努力？或得到中國火種來台詩根論的認同？從一九七一年「詩宗性」的集結（並未持續發刊），可以看出相對於台灣本土論「笠詩社」的崛起，中國火種論的集結。認同的差距是文化？或是政治？或兼具文化和政治？用心的詩史研究看應可深加探究。兩個詩根論，看出陳千武（或台灣視野）接受這種並置觀；但「詩宗社」群體是否接受並置觀？不得而知！這既因為文化！也因為政治！

一九六〇年代，白色恐怖的氣氛稍緩。不只台灣本土的「笠詩社」得以組成，《笠》可以發刊，中國來台詩人也可以不完全服從戒嚴體制控管而發展（儘管許多詩人一方面仍維持與黨政軍特團的文宣特殊關係，國軍文藝獎仍然被許多詩人追逐。）但本土意識論的現實經驗對於許多持現代意識論者而言是避之唯恐不及或忽視的「他者性」。這就是後來「詩宗社」開始時大力提倡「純粹性詩論」所顯示的差異性格。本土論是台灣加上世界；純粹性詩論則說心性而去土地、現實的連帶感。現代主義在台灣愈走愈空洞，愈晦澀，在於這種漂流意識。

一九六〇年代是台灣從被極權宰制到嘗試翻醒的年代，特別是中期以後，《笠》、《台灣文藝》和〈台灣人民自救宣言〉，可視為翻醒的標竿現象。政治改革運動相形之下，要比文化運動緩慢得多。鄉土文學論戰儘管不那麼純粹，也慢得多。美麗島事件、民進黨成立……更慢得多。比起政治、經濟的本土力量也與文化運動一樣在一九六〇年代展開，在黨國資本主義之外，台灣的民間力量在經濟而非在文化層面發展，這反映了語言文化的被殖民轉換病理。

在那個年代來，我加入「笠詩社」，在《笠》詩刊發表作品，經歷本土詩文學運動披荊斬棘的歷程，那個時際，我從一個蒼白的文藝青年，從跨越語言一代台灣詩人得到教諭，並且持續走在詩人之途。除了詩的自覺，文學的自覺，文化的自覺，還有政治的自覺。我的許多同世代詩人朋友也在那個時代經歷相同的路途。有些人一樣繼續走，有些人脫隊……這並不是一條平坦的路。

台灣並沒有充分的文化覺醒，也沒有充分的政治覺醒。儘管一九六〇年代燃起文化覺醒運動的火，也逐漸引燃政治覺醒運動的光。但是，被殖民症候群的病理彌漫在整個社會，文化界也一樣，詩壇並沒有例外。在不平坦之路，只看到踽踽而行的一些不死心的人，死滅的心靈環伺周邊。「笠詩社」的不同世代接續創辦人群的香火，是否持續讓燃亮詩的亮光？我這麼問自己，也問「笠」的朋友們。

戰後詩的光影．笠的行跡

《笠》創刊號（1964年6月15日），林亨泰以「本社」名義發表的社論〈古剎的竹掃〉，表達了笠創辦人群的心聲：「我們渴望的是：把呼吸在這一個時代的這一個『世代』（Generation）的詩，以適合這個時代以及世代的感覺痛快地去談論。」

笠的創辦人群，有多位是一九二〇世代。在正常國家，文學出發的時代大約是一九四〇年代。他們原本在《笠》創刊的二十年前，就應該登場。臺灣在一九四五年八月十五日，二戰結束前，原被日本殖民統治。《笠》的創辦人群中，屬於一九二〇世代的詹冰、陳千武、林亨泰、張彥勳、錦連，在日本語的文學條件出發，終戰前大多涉獵日本日本或經由日本語的詩與詩論，具有現代詩學的條件。但是，終戰後的臺灣，因為國度轉換，日本語轉變成漢字中文。在新的國語文環境下，成為瘖啞的一代。笠較年長的同仁：巫永福、吳瀛濤（創辦人之一）、周伯陽、陳秀喜、莊世和、杜潘芳格、羅浪、蕭翔文等人，也都是類似的情形。

林亨泰執筆的〈古剎的竹掃〉，所提的世代和時代，在某些意義上，已是延遲的。他們這一世代熟悉的日本詩人們，在戰敗的意義廢墟，面臨與臺灣不一樣的時代感覺，但他們仍然是在自己的國家或社會的「場所」。面臨戰敗的日本，從軍國主義的大日本帝國的時代轉而成為君主立憲民主制的日本。民主主義提供了社會意識的自由化，面對戰敗，能夠痛痛快快談論他們的時代以及世代的感覺。不管是「荒地」的詩人、「列島」的詩人、「歷程」的詩人……不管是超現實主義者，現代主義者、語言至上主義者、現實主義者、未來主義者、象徵主義者……。莫不凝視著共同的時代。

二戰終站四十年大際，發行《現代詩手帖》的「思潮社」特別企劃出版「現代詩讀本」特集《現代詩　展望》，探討了戰後詩的課題。鮎川信夫、大岡信、北川透三位不同詩社的詩人，以〈戰後詩的歷史與理念〉，進行對談。並發表了戰後詩七十九人一〇〇選。何謂「戰後詩」？這個專輯，對終戰後四十年的日本現代詩進行了凝視，並提供了詩學的見解。這樣的痛痛快快談論，《笠》的創辦人群在《笠》發刊的二十多年後，多多少少應該也讀到了。對於臺灣在二次大戰結束以後，從日本殖民到國民黨中國殖民，沒有戰後或沒有自我主體性的戰後的感受，應該刻骨銘心吧！

《笠》的創辦人群中，有許多人是關注著日本的戰後詩，並且在自己的國度操作轉換的語文，持續著詩之志業的人。有許多臺灣出身的戰後世代詩人，對於《笠》的跨越語言一代詩人的語文之病與痛，缺乏同情同理心；隨著國民黨中國流亡來臺的詩人，也有許多帶著語言歧視。有一些人在戰後的中國語環境成長，自恃語文通順的優越性，會帶著修辭性的偏見看《笠》的跨越語言一代詩人。其實，如果稍稍注意到德語詩人保羅・策蘭（Paul Celan，1920~1970）的語言觀，了解到這位以五十之齡投水自殺的詩人的命運，多多少少會較為深層地了解戰後臺灣詩歷史的語文情境。

《笠》自創刊號，「笠下影」專欄依序推出詹冰、吳瀛濤、桓夫（陳千武）、林亨泰、錦連，相當程度展示了跨越語言一代的代表性詩人。臺灣的詩人在自己的土地上，因為特殊歷史構造而不盡彰顯的處境，由於《笠》的創刊，得以露出曙光，重見天日。看看這些臺灣詩人的詩與詩觀、現代性與現實性、抒情性與批評性、知性與感性，流露在作品的風貌，提供了詩與詩論的見證。這是臺灣本土詩人的自我呈現。對照《笠》第六期以後「笠下影」，依序的紀弦、楊喚、方思、鄭愁予……，不無從臺灣本土看戰後中國隨中國國民黨來臺的詩人狀況。

紀弦（1913~2013），以一〇一之齡客死美國。他創辦《現代詩》（1953），發起「現代派」（1956），常說他自中國帶來現代詩的火種。「笠下影」介紹紀弦時，說當紀弦主編《現代詩》揭櫫「現代派宣言」時，《藍星》詩刊猶沉睡於「抒情」的甜夢之中，至於《創世紀》詩刊，也還停留於「新民族詩型」的樸素階段。《笠》的創辦人群中，林亨泰的理論功力，提供紀弦不少助力，錦連、白萩、黃荷生也曾加盟。其實，陳千武所提戰後台灣現代詩兩種球根論，在紀弦的中國的火種之外，另主張傳承自日本時代以日本語形成的球根也是傳統。這樣的視野一直到現在仍然成立，甚至隱含著平行的兩個詩現象。

戰後臺灣現代詩或說臺灣的戰後詩，有一種病理是反共國策文學。即使紀弦有意在一九五〇年代白色恐怖陰影籠罩時號召推動現代主義運動，他也不能不將原本的「現代派運動六大信條」中，第六條，從原先「無神論」改為「愛國、反共，擁護自由與民主。」戰後的臺灣現代詩，不能免於國策文學陰影的介入，許多著名詩人競逐「國軍文藝金像獎」，又羞於將相關作品列入作品索引。臺灣詩史、文學史缺乏歷史清理，掩藏著不少醜陋的文學藝術生態，值得省思。

戰後詩應該有戰後詩的視野。什麼是「戰後性」？每一個國度，每一種語文社會都有各自的視野。日本作為一個二次大戰戰敗國，他們的詩人在戰後的精神廢墟，有民主主義、自由化提供的反思條件與機會。但是臺灣，並沒有充分的主體性而是在國民黨中國的類殖民統治下，經歷長時期的戒嚴。許多詩人被國策文學綁架。「把呼吸在這一時代的這一世代的詩，以適合這個時代以及世代的感覺痛快地去談論。」的期望，究竟有沒有實現？

如果，臺灣也像日本思潮社一樣，由不同詩派的詩人兼詩論家三人各選 50 首作品，成為「戰後詩 100 選」的選本，並進行相關論述，究明戰後台灣詩的精神、方法、特質。有證言、論考以及展望，並由十五位詩人提出自己心目中的十首戰後詩，進行探討。甚至有二十位詩人的戰後詩一首一行的討論。而且以戰後詩年表，逐期記載詩集，詩與詩論以及相關事記，形成詩史的歷史地圖，會怎麼樣呢？

《笠》創刊時的詩志向、文化志向，在我們的土地上，在我們的時代裡，究竟達到什麼高度和廣度？幾個世代人在幾個世代，一邊跌倒，是否也能夠一邊發現？我們時代裡的臺灣詩，是什麼樣的光影？作為一位《笠》的參與者，一位臺灣的詩人，我想這樣問，想探看我們詩的行跡。

立足本土基盤，開拓世界視野

我的詩第一次在《笠》登場，是第二十七期（1968年8月號），短短的九行，而且以筆名「傅敏」發表的〈塔〉。那時候，以筆名發表作品，似乎是習慣現象。

翻閱當期《笠》，有趙天儀、余光中、葉笛、吳瀛濤、陳秀喜等前輩詩人的作品；同輩詩人有施善繼、陳明台、喬林、林閃（曾貴海）、黃進蓮等；評論文章有吳瀛濤〈現代詩的困擾〉，徐和鄰譯、北川冬彥撰〈現代詩的諸問題〉，吳瀛濤〈詩的欣賞〉評楊喚，葉笛譯、鮎川信夫撰〈何謂現代詩：I詩人的條件〉，柳文哲（趙天儀）「詩壇散步」及翻譯蘭道爾・賈瑞爾（美國，Randell Jarrell,1914~1965），陳千武德詩選譯介紹 Erich Kästner 的〈調換臉的夢〉（註：德國戰後兒童文學之父：埃利希・克斯特納，1899~1974），李魁賢譯〈里爾克詩選：第四悲歌〉等等。薄薄的一本詩刊，但著譯的多元與豐富性，開啟了臺灣詩人的世界視野。

臺灣的詩壇常常故意把《笠》局限於本土或日本。《笠》是本土，當然是；但《笠》

的世界視野豈止日本?不只有些外國詩與詩論透過日本介紹了其他國家，更多更豐富。刻意狹隘化《笠》的視野，帶有文化偏見，也帶有政治偏見。這種偏見，從可以接受林亨泰從日本汲取現代詩學掖助戰後紀弦推動的現代派，也可以接受白萩在《現代詩》、《藍星》與《創世紀》的參與，卻刻意把一九六四年創社，出刊的《笠》的許多詩人們模糊化，看出端倪。

陳千武是《笠》創辦人中，一九二〇年代詩人較少參與五〇年代在臺灣的現代詩運動者，他又投入《笠》甚深，當做再出發的重要場域。跨越語言的一代臺灣詩人，吳瀛濤、錦連都比陳千武與五〇年代的詩壇有關聯。而陳千武卻與《笠》更為緊密相關。詹冰、羅浪，後來才加入的更前世代的巫永福，也是。即使林亨泰、白萩，甚至趙天儀、李魁賢，因為與詩壇較有關連，而在《笠》的初期廣邀詩壇在《笠》登場，《笠》仍然有很長的時間被視為《現代詩》、《藍星》、《創世紀》之外的、非相提並論的詩誌。

《笠》在第七期（1965 年 8 月號）刊載葉笛譯介的〈超現實主義宣言〉（1924 年）；隨即於《笠》第八期，再由葉笛譯〈未來派宣言〉，於《笠》第九期，趙天儀譯〈意象派的六大信條〉，均註明「本刊並不做此種主張，因鑑於此種資料難得，特譯出供大家收藏，願大家溫故而能知新。這些文獻的重刊，均對《笠》創刊、創社時臺灣詩壇在現代主義風氣下，似是而非地陷入晦澀、難懂氛圍，而且「超現實主義」的旗子被任意揮舞、嘗試脫離戰鬪文藝的國策文學卻又陷於另一種疏離化困境，有導正的想法。後來，引介「新即物主義（或說新客觀主義）」，也不無對過度陷於超現實主義的主觀主義化，提供相對視野。這樣的提示、引介，常常又被以《笠》是主張、實踐新即物主義的詩社，以偏概全。其實，《笠》並非單一思潮與詩潮的詩刊和詩社。多世代和多重面向，既呈現在《笠》的作品、評論，也在譯介。如果有所堅持，應該是立足這塊土地，放眼世界。立足於這塊土地的臺灣性，免不了與長期戒嚴體制殖民性有所違和，形成《笠》的在野性格。

我在《笠》發表作品之後不久，即應邀加入《笠》為同仁。並在一九六九年出版第一本書《雲的語言》——詩與散文合集。其中詩作，只有幾首發表於《笠》。那時期，我被視為傷感、憂鬱的文學青年，我則將那本書裡的作品看做自己青春過敏症煩惱的練習曲。加入《笠》，親炙許多在《笠》的前輩詩人啟諭以及同輩詩人的切磋，才慢慢形塑出自己站在戰後世代的風格和形象。發表在《笠》的外國詩譯介，世界各國詩論，開啟了我原本封閉、狹窄的詩視野。

幾乎每一位跨越語言一代的《笠》創辦人，都努力經由他們在殖民時代學習的日本語，翻譯日本或其他國家的詩與詩論，特別對現代性和戰後性提供引介。有別於在臺灣，當時仍以「中國現代詩」自稱的詩壇現象仍集中在二戰前，甚至十九世紀末的詩狀況，《笠》的現代詩時點貼近生活的現實。經由日本語而能夠引介世界的詩與詩論，就像把被殖民的烙痕化為勳章一樣。日本的現代詩動向與世界的連帶緊密，《笠》跨越語言一代的詩人們幾乎都受到日本現代詩運動的洗禮，但因為戰後語文的轉換，新的殖民體制取代舊的殖民統治，中文取代日文，中國化取代日本化，在臺灣的「中國現代詩」運動，是由從中國來臺的詩人——譬如紀弦、覃子豪……等再揭起的旗子。臺灣本土的詩人聲音一一被瘖啞化了；臺灣本土的現代詩社根被壓抑了。《笠》只是一種被壓抑的聲音，被壓制的力量。在野，被邊緣化，但瘖啞的聲音，被壓制的力量也會突破困境。

我在《笠》初登場的第二十七期，葉笛譯介的日本詩人鮎川信夫詩論《何謂現代詩》開始刊載，第一章為「詩人的條件」。鮎川信夫是戰後日本現代詩誌《荒地》的代表性詩人、評論家。他在詩論裡以戰後的時點，思考現代詩之所以與為何？以「詩人的條件」、「關於幻滅」、「沒有祖國的精神」、「為什麼要寫詩」、「詩與傳統」、「對詩的希望」，形成體系。這樣的論說對於尋覓詩人之路，巡梭詩人之途的我，是一盞探照之燈。鮎川信夫以日本的現實基點，這樣說：

「對於我們來說：唯一的共同主題，就是現代的荒地。活在戰爭和戰爭所挾住的時代，曾經一度把血肉之軀賭注在戰爭的我們，即使現代仍然不能從黑暗的現實和被撕裂了的意識逃脫出來，而看守著冷戰的去向。我們的生活不曾有像歐洲和美國做為共同理念的『文明』，卻只生長那沒有傳統之根常有的植民地文化的雜草。……

我們對於荒地的愛，不是單單對於正在滅亡著的布爾喬亞文明的愛，亦即意味著對於現代本身的愛。那是忍耐著由於戰爭招致文明的傳統的危機，陷入荒廢和瘋狂的不信的世界，想盡辦法要發現拯救我們永續價值的一種詩人的態度。……

……假如詩人能夠擁抱著所謂『神』這巨大的空虛，在現代的『荒地』裡，能夠繼續歌唱下去的話，那就是詩人的勝利了。」（摘引〈何謂現代詩：1、詩人的條件〉）

在信仰破滅的戰敗國或說戰爭被壞的廢墟，仍然繼續寫詩，就是詩人的勝利。對於在臺灣的詩人們，從中國大陸隨著中華民國體制流亡來臺灣的詩人和從日本殖民地轉而在國民黨中國殖民地的臺灣詩人們，豈只是兩個不同的傳統球根，即連現實經驗也不相同，這才是臺灣的詩人們要面對，更凝視的課題，當然了也共同應該面對冷戰世界的課題性。生活在臺灣的詩人們，如果能夠真摯地思考、批評的現實經驗，應該以作品回答詩是什麼的問題，並形成真摯的詩人的條件。詩，作為精神史的證言，流亡群落的詩人們和有被殖民的詩人，各自有各自的動人視野。

但是，各自的努力，夠嗎？各自有各自應該有的努力嗎？我在二〇一〇年代的現在，回想一九六〇年代末，省思我初在《笠》發表作品的詩人之路，梭巡經過一九七〇年代，一九八〇年代，一九九〇年代、二〇〇〇年代到現在的形跡，《笠》的精神和路線，在將近五十年的詩壇不輟發刊路程，完成了什麼？未完成了什麼？在政治民主化不完全，經濟福祉化不完全以及文化優質化不形成的我們社會，詩人們——被日本殖民統治過的詩人們以及從中國流亡來臺的詩人們的後續者，在這塊土地出生，成長，成為新興世代的詩人們，又形塑了什麼樣的詩人條件？形塑了什麼樣的現代詩視野？

戰後性

二戰以後的詩，在戰敗國的日本、德國、義大利，或戰勝國的美國、英國、法國、蘇聯都分別呈現各自的戰後性。

以鮎川信夫的《何謂現代詩》為例，清楚地表達了日本的戰後意識。葉笛譯介了鮎川信夫論著，從二十七期（1968年10月號）開始刊載。依序是：1、詩人的條件，2、關於幻滅，3、為什麼要寫詩，4、詩與傳統，5、對詩的希望。引介他山之石，反映了笠的關注意識。

「把我們驅向詩的，不在於詩本身的空虛的美的價值世界，而是那詩的，換言之，就是在我們活著的現實生活中的。」

——詩人的條件

「戰爭的犧牲，政治的背信，失業問題，並且其地一切暗澹的社會環境──我們的陰暗並不是驀然從這些現象背後產生的、只要很多人所經驗的苦惱和不安，不從我們的意識離開，任何事都沒有被解決。在這個新的血和淚的時代裡，拯救是不容易來訪的。」

──關於幻滅

「對我們而言，寫詩這件事，是做為活在那種危機時代的一種特別知性的行為，雖在所謂日常的現實生活思考和感情的平面能獲得區別，卻決不能從危機本身獲得區別。不，我們毋寧為了要確認（危機本身）的一個場所才選擇了詩。」

──為什麼要寫詩

「傳統的因子是經幾個時代次第層疊化而深深地融化於民族的生活裡，形成一個巨大的合體經驗的。那樣被確認的傳統是一個不滅的證明。假如不相信不滅這樣事，那麼文化的傳統便成為毫無意義。不論如何，詩的經驗也只有和巨大的合體經驗成為一體，才能存留於人們的胸臆裡。」

──詩與傳統

「我們的詩社會是悲慘的心理狀態是一種安慰。不是做無法排遣時間的人的消閑法的安慰，而是做為足以一掃現代的市民生活中各色各樣的人們的疲憊、絕望或無法的安慰。如果詩沒有這樣的力量，那就可以說是詩人對詩的想法和創作力太不成熟了。」

——對詩的希望

鮎川信夫的《何謂現代詩》詩論，毫無疑問是以戰後性這樣的課題和視野去探究的。這是世界各個國家的詩人們必然面對的課題。戰爭的主題在戰勝國，也在戰敗國被面對。世界更因一戰，繼而二戰而被連帶起來。歐洲有歐洲性，亞洲有亞洲性，美洲有美洲性。亞洲的日本，因為戰敗而有破滅感，而其他許多國家則在殖民地獨立這樣的課題，也在這樣的課題分屬右傾和左傾的政治文化意識被面對。歐洲最突出的是猶太人被納粹大屠殺的浩劫問題，這問題分屬在不同國家。

臺灣的戰後性原來和同樣被日本殖民的朝鮮一樣，後來他們分裂成南韓和北朝鮮，在獨立後的民族分裂中，但仍然有其明晰的戰後。臺灣，因為一九四五年十月二十五日即被國民黨中國接收進占，短暫的無政府狀態，瀰漫著祖國的迷障，於一九四七年發生二二八事件，更於一九四九年承受國民黨中國被中華人民共和國取代，潰退來臺，進行長期的戒嚴一黨化殖民統治，而沒有省思戰後性的空間。臺灣的戰後性，因而是在被流亡中國宰制的課題。

而隨國民黨中國來臺的詩人們呢？儘管有新詩和現代詩意識，但包括「現代派」和諸多中國來臺詩人主導的詩刊。也都沒有戰後性；不論二戰的日本侵華戰爭或國共內戰，以及流亡來臺的流亡意識，都因為反共戒嚴體制，而淪為國策文學的俘虜。談現代詩大多侷限於詩藝，而不在於思想和精神。一九四五年終戰以後，一九五〇年代，當世界其他國家的詩人們在戰後性的視野發展時，臺灣的詩人們，在政治高壓的狀況下，陷於靈魂的富貴病和蒼白症有之，大多無詩情與詩想的進步視野。

臺灣本土的詩人因語文的斷絕，在以通行中文為工具的戰後詩壇，大多瘖啞以對。笠的創辦人一代，有許多是一直等到一九六四年，笠創社創刊以後，才重新在自己的土地登場。紀弦所說的從中國帶現代詩的火種到臺灣，就是這種現象而有此說。一直到一九六〇年代末，陳千武提出兩個球根論，才重新立基於日治時期臺灣以日本語發展的傳統。

戰後性要有戰後意識才會形成，戰後意識更有詩人的自覺才會形成。無論藝術派或社會派，無論純粹或參與，詩人有各自的傾向和選擇。但戰後是共同面對的時點，戰後意識是詩人共同面對的課題。戰後意識是詩人經歷共同的時點。面對共同的課題會形成的語言與思想性格。

戰後臺灣現代詩的某種病理是缺乏戰後性——這是場所、也是時間意識。臺灣本土出身的詩人和隨國民黨中國從海峽對岸來臺詩人沒有。為什麼？因為政治：殖民性＋專制壓迫性。臺灣的詩人被戰後政權宰制。不像日本，戰敗後進入民主制；也不像韓國的獨立化。而是淪為另一個掠擄祖國的類殖民或新殖民政權，並隨即成為流亡政權的殖民性統治。我們的詩人們是在沒有戰後性的戰後，展開戰後現代詩歷程的。臺灣在被殖民性的被「光復」以及殖民性政權被在發生地顛覆來對國共有反思的雙重虛妄情境，展開戰後詩之路的。

我們有像鮎川信夫這樣的「何謂現代詩」的追問嗎？

戰後的臺灣現代詩的兩個球根論，在一九六〇年代來出現，既是《笠》一九六四年創社創刊的本土意識觀點，也是隨著抵抗殖民性政權掠擄的中國國家意識的差異認同逐漸在社會強化所致。兩個球根論有可能是合一的臺灣國家論的文化多元觀，也可能是不服從殖民性政權而形成的差異的，雙重對立的國家認同。這也就是《笠》一直被刻意矮化的原因。當然了，被所謂的詩壇刻意矮化——只選擇性地承認一些人的詩人位置，也包括《笠》的詩人們必須面對的詩壇的考驗。

我不知道，《笠》的詩人們是否都持有「戰後性」？又持有什麼樣的「戰後意識」？這既是問題意識，也是精神。如果充分或更細心地觀照《笠》的發生和發聲，創社或前行代的詩人們怎麼在《笠》以創作、翻譯、評論、座談……努力呈顯的心意，就應該會理解。《笠》從來不只是一個發表詩作的園地，從來不只是提供園地讓想在詩之路途把玩的刊物。這個結合的場域是有以詩進行戰後臺灣詩精神史描繪的覺悟與企圖心的。

看看創社、創刊一代的《笠》詩人們，看著《笠》前行代的詩人們，雖然他們不能像一般國家的一九二〇世代詩人們，在戰後即登場，不能在戰後的時點，在自己所屬的社會或國家場域，思考自己的戰後性，但他們怎樣努力墾拓詩文學的領土，怎樣在困厄中持續追尋？並且想想：臺灣現代詩壇怎樣在沒有主體與充分的戰後意識，形成戰後性基盤而建構的詩史。何以，今天的詩會成為只是裝飾性般的存在，而不能進入大多數人們的心靈和我們時代以及我們土地上的人們共同呼吸？這樣的問題意識如果不存在，我們——不只在這一塊土地的詩人們，甚至《笠》的詩人們也不能開展真正動人的詩世界。

五十年歷史，半世紀榮光

《笠》自一九六四年六月十五日創刊，每逢雙月出版，到二〇一四年四月十五日，已屆五十年歷史，發行三〇〇期。放在臺灣詩史的平臺來看，也許有發刊超過《笠》的五十年更長的詩刊，但以持續不輟出刊、唯有《笠》了。

這是一場漫長的歷程。五十年，是半個世紀，放在世界詩的歷史來看，這也是一個極為特別的例子。也許，美國的《詩》（POETRY）這份刊物——是一個足以鑑照的光輝。一九一二年在芝加哥，由 Harriet Monroe 創立，歷任 Don Share（1912~1936），Mortan Dauwen Zahel（1936~1937），George Dillon（1937~1942），共同編輯（1942~1949），Hayden Carruth（1949~1950），Karl Shapiro（1950~1955），Henry Rago（1955~1969），Daryl Hine（1969~1977），John Frederick Nims（1978~1983），Joseph Parisi（1983~2003），Christian Wiman（2003~2013）11 位主編的詩刊，豎立的是更輝煌的紀錄。

創辦《POETRY》的 Harriet Monroe 是一位女性藝評家。她在給芝加哥詩人們的說明，提出了「一個改變的聲音必須在他們自己的地方被聽到。……無須信賴大眾雜誌，換句話說，當一般刊物都針對大眾，是對詩給予小小關注。這樣的雜誌將出現，而且被寄以希望，會發展；一種把詩當做藝術給予公共關注，是為真實與美的最高度、最完全的表現。」的話語。《笠》創刊號社論〈古剎的竹掃〉中：「我們所渴望的是：把呼吸在這一時代，這一「世代」的詩，以適合於這個時代以及世代的感覺痛快地去談論。」或許表達的是類似的想法。

美國《POETRY》以月刊形式發行，成為英語世界現代詩最代表性的機構。T.S. 艾略特的詩集《普魯亦洛克情歌》就是 poetry 出版的。像羅伯・佛洛斯特（Robert Frost），蘭斯頓・休斯（Langston Hughes），瑪麗安・摩爾（Maranne Merre），葉慈（W. B. Yeats），泰戈爾（Tagore），威廉・卡洛斯・威廉斯（W. C. Williams），卡爾・桑德德（Carl Sandburg），威廉斯・史蒂文斯（Wallace,Stevens），康敏思（E. E. Commings），金斯堡（Allen Ginsberg），海明威（Ernast Heminguay），喬伊斯（James Joyce）……都見之這份詩刊。

一九四一年，美國的《POETRY》，續由美國現代詩協會編輯發行。一直到二〇〇三年，一個傳奇的故事：一家藥廠的遺產繼承人 Ruth Lilly（露絲・莉莉）承諾捐助一億美金，後來實際贊助了二億美金，而成立了「詩基金會」（POETRY FOUNDATION）。《POETRY》改由這個基金會發行，並有了基金會大樓，設置了圖書館形態的「詩中心」。《POETRY》仍是不到百頁的詩刊，都有著細水長流而非曇花一現的詩榮光。

《笠》是一份雙月刊詩誌，由「笠詩社」的同仁組織編集、發行。比起美國的《POETRY》102年歷史，大約只有一半進程。但在臺灣這個特殊的國度，卻是一群植根自己土地的詩人們胼手胝足，戰力與共支撐起來的詩刊。「把呼吸在這一時代，這一世代的詩，比適合於這個時代以及世代感覺痛快地去談論。」的論說，成為《笠》的火炬。從一九六〇年代而一九七〇年代、一九八〇年代、一九九〇年代、二〇〇〇年代進入二〇一〇年代。而參與者也涵蓋了一九一〇世代、一九二〇世代、一九三〇世代、一九四〇世代、一九五〇世代、一九六〇世代、一九七〇世代……　延的行列穿越戰後臺灣歷史的漫長歲月。

吳瀛濤（1916~1971）和白萩（1937~　）這兩位跨兩個世代創辦人，曾經在一九七一年，吳瀛濤於台大醫院腦腫瘤開刀之際，以〈天空復活〉和〈復活天空〉對話，喻示了傳承不息的心境風景：

「被剖開的胸膛
是一片晴朗的天空
是鳥曾走過去，又將要飛過去的輝煌的境域」

——吳瀛濤

「天空的復活是
由於鳥群不停地飛翔
……
為了復活天空
我們的行列
將繼續不停地飛翔」

──白萩

「我們的行列／將繼續不停地飛翔」何等的志氣！何等的豪情！如果不這樣看《笠》篳路藍縷的五十年三〇〇期的之路，就無法確認這群「不戴皇冠戴草笠」，甚至「不戴中國皇冠，寧愛臺灣草笠」的一群臺灣詩人何以持續不輟走在詩文學的顛沛之路！

一九七一年，《笠》已創刊七年，從一九六〇年代進入七〇年代。創刊那年，正是吳濁流發刊《臺灣文藝》，彭明敏與兩位臺大學生共同發表〈臺灣人民自救宣言〉那年。臺灣從一九四七年二二八事件以後被極力鎮壓，以及一九四九年國民黨中國撤臺，發佈戒嚴令實施戒嚴以及白色恐怖稍緩的年代。臺灣的「中華民國」被逐出聯合國，民間力量從被禁制中稍稍發出聲音，而《笠》正是從臺灣的土地，從臺灣人民的心靈發出的聲音。這種聲音，既突破了政治的箝制，也跨越了語言障礙形成的文化障礙。

我們的行列是由《笠》不同世代同仁形成的行列。復活天空在某種意義上是復活臺灣人的心；繼續不停地飛翔是不斷地書寫詩，不斷地發刊《笠》。白萩的詩回應了吳瀛濤「被剖開的胸膛」的場所意識，要說的是臺灣也有自己的現代詩資產，而非全是從中國來臺的詩火種。「鳥曾經走過去，又將要飛過去的輝煌的境域」就是臺灣的詩人們，《笠》的詩人們的詩領土以及詩的天空。

我常常這樣看《笠》，想《笠》的某種意志與感情——這就是社群精神。在一九六四年，十二位創辦人共同開始耕耘了這個詩領土。多少詩人想從戰後因為國家轉換帶動的政治和文化變動以及語言的改變而被壓抑的景況挺起身來。想在一片「中國現代詩」的詩與詩論之外，撐出臺灣現代詩的一片天。這與《現代詩》、《藍星》以及《創世紀》是不盡一樣的。也因為這樣，發展出戰後臺灣現代詩史的另一種路線。這樣的路線在一面跌倒，一面發現中進行著。

《笠》從一九六四年創刊到一九八〇年代末，基本上是一九二〇年代、一九三〇年代、一九四〇年代，三個世代的同仁努力耕耘、墾拓的，從林亨泰親筆的「把呼吸在這一時代，這一世代的詩，以適合於這個時代以及世代的感受去談論」；陳千武「兩個根球論的臺灣」，李魁賢「現實經驗、藝術功用」說，白萩「重要的是精神面不是感覺」；李敏勇「寧愛臺灣草笠，不戴中國皇冠」……多多少少描繪了《笠》的動向，標示的既是藝術的立場，也是認同的態度。同仁以詩與詩論，演繹著共同的基本精神。「臺灣現代詩的殖民地統治與太平洋戰爭經驗」、「接點上的詩人與詩」，「戰後世代的夢與現實」三個專題，適切地串連探討了一九二〇年代、一九三〇年代、一九四〇年代《笠》詩人們的行列位置，形塑了一九六〇年代創刊後到一九八〇年代的群像系譜。

一九九〇年代以後，臺灣從解嚴邁向擬似自由化，進入民主化的社會過程。政治禁制逐漸擬似鬆綁。《笠》也不斷加入新的同仁。從象徵性的社長陳秀喜時代，從沒有掛名主編人的時代，進入另一種建制。層遞漸進的有任期社長與掛名主編，接力耕耘了二十多年，形成《笠》五十年的後半期歷史。這樣的歷史面臨臺灣大眾消費社會時代的到來，詩壇景況從民眾詩而大眾詩，或從現代而後現代。普遍的是感覺重於精神，詩刊的存在條件受到嚴苛挑戰。《笠》仍勉力站在自己的詩領土，在未完成的詩的革命之路繼續發聲。

《笠》不像美國的《POETRY》以英語做為它的共同性，是跨越國度的詩刊。從1912年，一位女性藝評家創辦，到一九四一年由美國現代詩協會接辦；二〇〇三年，獲貳億美金挹注，成立基金會持續發刊。在美國，這是因應大眾消費社會以及大眾傳統媒體無法關注詩而有以為之的效應；而《笠》在臺灣，面臨的是一群詩人在自己的土地上，在自己未形成的國家形式的文化偏見而必須自我振興、重建。

《笠》的同仁們應該再省思創刊以及開展時期的精神。在我們的土地上，在我們的時代裡，繼續墾拓詩之路途。從一九六四年到二〇一四年，從第一期到第三〇〇期，在不同的時代，不同的世代合力形塑了一片臺灣現代詩的風景，也描繪了世界現代詩的景致。這是一種心的覺醒——一種臺灣精神的重新追尋；也是一種力的考驗——墾拓的能耐。五十年，三百期形成的《笠》詩史，有輝煌的篇章印拓在書頁，也印記有無數同仁的心裡。

《笠》一九五〇世代、一九六〇世代、一九七〇世代甚至其後的世代相知和時代像，應該也有各自的心境和風景。在邁向二〇一〇年代中期，甚至邁向 2020 年代的時際，《笠》面對新的挑戰和考驗，政治的、文化的課題仍然橫越在每一位《笠》的同仁面前。每一個世代在每一個時代繼起，才是《笠》綿延的條件。從《美麗島詩集》、《混聲合唱》到《重生的音符》以至《穿越世紀的聲音》，《笠》在五十年歷程已留下精神史的形影，象徵著「我們的行列／將繼續不停地飛翔」的信念。這樣的詩的飛翔應該在每一位《笠》同仁心裡成為堅定的意志，動人的感情，進而煥發一種紮實墾拓的精神，才能煥發詩的榮光。

《笠》的見證，詩史的課題

《笠》的第一本同仁詩選集是一九七九年的《美麗島詩集》。這本詩集標示副題：「戰後最具代表性的台灣現代詩集」，宣示了強烈的台灣Identity，與其他詩選有極大的差異。

莫渝在《笠》五十週年的兩冊笠文論選《時代的見證》與《風格的建構》序：〈笠的美學走向與位移〉，提及：

「1979年出版《美麗島詩集》，加強了意義與美學：

1、《笠》創刊15年同仁首次精選集。

2、以台灣的歷史、地理的與現實的背景，取足跡、見證、感應、發言、掌握五個主題，具體凝聚了以台灣為主體的寫作方向。

3、書名副標題：戰後最具代表性的台灣現代詩選。以「台灣現代詩選」的名銜宣示異於其他詩選。

4、突圍「台灣」禁忌，彰顯「台灣意識」。
5、以詩作印證詩刊的立場：在地、現實、抵抗。
6、建構了笠詩人以現實主義為創作精神、朝現代主義方法論的經緯座標。」

《美麗島詩集》編集、出版時，我是《笠》的主編。但這本詩選的編輯人是趙天儀。「足跡」、「見證」、「感應」、「發言」、「掌握」五個分輯則是我的構想，具有歷史意識的命題。序（一）、（二）分別為林亨泰和趙天儀的手筆，並在扉頁刊載李雙澤譜曲、梁景峯改寫陳秀喜〈臺灣〉的〈美麗島〉歌譜。這本詩選醞釀的時間長達五年，早在《笠》創刊滿十年時，就已籌組編輯小組，由南部同仁：林宗源、鄭烱明；中部同仁：錦連、白萩、林亨泰；北部同仁：趙天儀、李魁賢、李勇吉、拾虹等人為編輯委員，但實際出版，延遲了五年，我因此才得以介入。

以《美麗島詩集》做為笠詩選書名，一方面呼應一九七一年在日本東京若樹書房出版的《華麗島詩集》（這本日譯詩選，並不限於笠同仁作品，為臺灣現代詩選）；另一方面，則呼應一九七九年鄉土文學論戰形成的時代形勢。封面圖案是設計家、也是畫家賴炳忠的作品：石板牆壁倚靠著牛車輪，並有副書名：「戰後最具代表性的臺灣現代詩選」。另扉頁也有一幅打開罐頭蓋，裡面是森林的圖像，以及「臺灣的現實與理想／我們時代的悲哀與喜悅」字句。我之所以重拾編務是因為這時我在台北的職場工作已穩定，可以再承擔職責。一九七〇年代初期，陳千武、白萩主編時，在台中的我即協助編輯事務。對《笠》懷有某種使命感的我，在一九七〇年代、一九八〇年代，多次適時挺身承擔編務。

《美麗島詩集》出版後，曾依當時一般新書發表程序，在中央日報刊登出版廣告，後被禁止刊登。因為美麗島雜誌在那個年代被視為在野政治力量的集結，挑戰了中國國民黨的戒嚴統治體制。後來又發生美麗島高雄事件，「美麗島」一詞成為禁忌、成為統治體制的打壓對象。或以為事事相連，物物相關。其實，思想，文化運動不盡受政治運動引導或指導，有時走在前面。一九六四年《笠》的創刊與《臺灣文藝》創刊，以及彭明敏教授和謝聰敏、魏廷朝共同發表〈臺灣人民自救宣言〉的歷史，比美麗島事件，比民進黨組黨更早得多。《笠》是臺灣詩人的集結，是臺灣意志與感情的詩場域，自然不服膺國民黨中國國策文學指導，而有獨立的性格。《美麗島詩集》的出版，更為鮮明地確立了一九六四年創刊標示與追尋的方向。

為什麼以「足跡」、「感應」、「見證」、「發言」、「掌握」為分輯主題？在編輯這本詩選時，我請參與的這位設計家分別描繪五個主題的圖案，相互印證、彰顯，希望呈現更強化主題的意象。「足跡」是歷史之印；「感應」是承受的心跡；「見證」是現實之眼；「發言」是抵抗的聲音；「掌握」是願景的追尋，有別於一般詩選，《美麗島詩集》是在特殊歷史描述下，一群詩人在自己的土地，自己的時代，留下的詩的精神史。

在《笠》五十週年的時際，回想《笠》十五年時出版的《美麗島詩集》，回想《笠》初期，在戒嚴時代一直追尋的臺灣現代詩復權之路，彷彿昨日，卻已是三十五年之前的事。一九七九年，我三十二歲。我一九六八年時加入，二十一歲，加入《笠》，即在一九二〇世代和一九三〇世代前輩，啟蒙與提攜，甚至信賴之下，參與了編務。特別是在臺中時期，陳千武和白萩執掌編務、我常常是協力的編輯。

《笠》五十四期（一九七三年四月號），我即以「傅敏」筆名，在「卷頭言」以〈再出發〉為題呼籲重新體認創刊號於論中「把呼吸在這一個時代的這一世代的詩，以適合於這個時代以及世代的感覺痛快地去談論。」的渴望，要「以適合於這個時代以及世代的感覺痛快地去寫出呼吸這一個時代這一個世代的詩。」我在〈卷頭言〉裡留下許多聲音，是從那個時期就開始的，《笠》在當時（一九七年五月二十日的通訊）發佈自五十五期起，由錦連、白萩、傅敏（李敏勇）、桓夫（陳千武）四位同仁共同負責執行編輯，讓我承擔更多的編輯責任。這都是我在《笠》的一些特別淵源。也因為這些淵源，我對《笠》有一種特殊的觀照，對《笠》的世代像和時代像有自己的視野，也形成一種在自己心裡描繪的詩的精神史地圖。

一九六四到一九七九年，是《笠》五十年的上半階段。在這個階段，戰後第一世代的同仁算是後輩。有一九二〇世代的父執輩同仁，也有一九三〇世代兄長輩的同仁牽教引領，當時，《笠》只有發行人、社長，分由黃騰輝、陳秀喜掛名。其實擔綱社務、編務重任的是陳千武、白萩、趙天儀，或加上李魁賢……特別是陳千武，一直負責經理部，不曾在現代詩、藍星、創世紀掛名的他，執著於《笠》的精神應該是《笠》那時期持續走下去的動力源。那時期，自從第五年起，我在《笠》的種種參與，陳千武、白萩、趙天儀、李魁賢都有影響，被形容為四季的拾虹、鄭烱明、我和陳明台，以及陳鴻森、郭成義，我們算是較積極參與的戰後世代，常有共同構想，協力執行。一九八〇年代，我曾經想編一本《共同幻想》以詩與詩論闡述我們的詩情與詩想。後來的《複眼的思想》這本「戰後世代八人詩選」（前衛，二〇〇五年），收錄拾虹、曾貴海、李敏勇、江自得、陳明台、鄭烱明、陳鴻森、郭成義，算是延續《共同幻想》的夢。

我也曾以「在野的詩人」定義、描繪《笠》的詩人們。這是相對於許多附和在統治體制詩人，而有的觀照視野。戰後的台灣，因為國民黨中國據臺，常以一九四九年起算戰後臺灣詩史的觀念忽視了一九四五年到一九四九年的歷史。迴避了二戰結束，二二八事件，而以國民黨從中國大陸流亡來臺作為戰後史的起點。連帶地以中國新文學運動，新詩運動作為在臺灣的中國文學論根源。一九六四年，《笠》的創刊，根源於不一樣的詩史與文學史傳統，但並不被中華民國論，亦即國民黨中國論者承認、接受。我認為正因為在野，反而讓大多數臺灣詩人沒有「國策文學」的包袱。許多從前在國軍文藝金像獎得名的詩人們，會有歷史的污點；因為詩史、文學史的清洗沒有形成，現在仍然有一些年輕詩人競逐國軍文藝金像獎不引以為戒，讓人感到悲哀！

為什麼會這樣？《笠》雖然努力走自己的路，但這一條路是艱難的。勉強在創刊十五年時，出版了《美麗島詩集》，奮力地走過五十年，也陸續出版了《混聲合唱》、《穿越世紀的聲音》、《重生的音符》……以及叢書、選集。但聚集在《笠》的同仁，個人意志與感情和集體意志與感情在五十年的行程中，或因世代性的多層次，或因時代性的多層次；或因外部文化條件，政治因素的影響，仍然無法真正在詩史中復權。美麗島的足跡、感應、見證、發言、掌握仍然是必須凝視的課題。

〈招魂祭〉及其他

一九七一年六月十五日出版的《笠》四十三期，刊載了我一篇「從所謂的『一九七〇詩選』談洛夫詩之認識的《招魂祭》」。原來，我只是就洛夫編選的一本年度詩選，從他的諸多詩學觀點提出批評意見。沒有想到，引起軒然大波，幾乎成了《創世紀》和《笠》的翻臉論戰，成為所謂的「招魂祭事件」。

《一九七〇年詩選》是洛夫以「詩宗社」名義編選出版的。「詩宗社」有開宗立派的想法，在《藍星》和《創世紀》從各據一方取代現代詩曾經一方之霸的盛況，又冷寂下來以後，「現代派」，如果持之以恆，會和「笠」詩社分別立據在陳千武所說的兩個球根的傳統，亦即從中國帶來的新詩火種和臺灣傳承自日治時代的新詩傳統。可惜「詩宗社」只發刊幾期刊物就結束了。不只《創世紀》又再出刊，《藍星》也再出刊，甚至《現代詩》也短暫再出刊。在集團意義上，與「笠詩社」對峙的仍然是「現代派」。雖然，在詩刊的形式上，是《創世紀》與《笠》對峙，《藍星》幾乎只有詩社的意味。

〈招魂祭〉這篇文章，我批評洛夫的是他一再申論的詩的語言問題。這種問題事實上在《笠》與《創世紀》多次交鋒。問題在於「笠」的跨越語言一代詩人們常常被以中文的問題被看輕。跨越語言的痛苦沒有被同情。某些中國來臺詩人仗著中文語文優勢，無法將心比心，了解跨越語言的痛苦心境。反過來，跨越語言一代的詩人對於依賴美文，修辭，玩弄文學而視為詩的弊病也了然於胸。錦連自恃「一隻傷感而吝嗇的蜘蛛」的語言觀，就是一種反差。這樣的詩學問題，一直到現在仍然存在。像密教一樣的現代詩壇，並沒有解決這種問題。

我以「初生之犢」甘冒不諱發表了〈招魂祭〉，狀況比我想像的更嚴重。捲入的《笠》同仁至少包括陳千武、趙天儀、白萩……，《創世紀》的洛夫、張默……以外還有一些人。反而，當事人的我，因屬晚輩（余光中有一篇〈後浪來了〉；洛夫則說有新世代崛起，也不會是……）只從旁知道大人們的折衝，見於白萩〈與宋志揚先生會面記〉的記述（《笠》四十期，1971 年 12 月）。在《笠》四十五期的「編輯後記」提到宋志揚是化名，是誰？並未明示。這些紛紛擾擾是我原先沒有料到的。不只這樣，甚至引起指控《笠》是日本殖民地的話語，也引發《笠》的反應：臺灣被割讓日本，並不是臺灣人自己的決定。一篇單純的批評文章，只是一位新進詩人對當時詩壇的權力現象提出意見，竟然成為集團間的尖銳問題。後來，才知道，甚至當時在國安機構任職的詩人葉泥（戴南村）也邀約白萩、趙天儀調停紛爭。這些當時大人們之間的事，我是被置之度外的。倒是，在〈招魂祭〉發表，引起軒然大波之後，正好巨人出版社的《中國現代文學》大系在編集，大系掛名主編包括白萩、余光中、洛夫、瘂弦，詩卷部分由余光中、瘂弦、白萩推選名單，原本2票以上入選，但傳說洛夫介入，硬是拿掉入選的我，又怕被批評挾怨報復，協調選至一九四五年以前出生詩人。因而，羅青和鄭烱明兩位晚於一九四七年出生的一九四八年出生詩人，成為陪祭。

在詩的寫作之際，我也讀洛夫詩成長的。一九六〇年代，《創世紀》與《藍星》幾乎集結了當時較活躍的詩人，在紀弦宣布解散現代派，《現代詩》已停刊，《笠》初登場，尚難與之分庭抗禮，對詩有興趣的年輕人，幾乎把眼光集中在號稱超現實主義大本營的《創世紀》與新抒情主義的《藍星》，而洛夫以靈魂的蒼白症批評余光中，余光中以靈魂的富貴批評洛夫，是兩者對不同詩風的激烈批評。紀弦的「現代派」當時幾乎被《創世紀》接收，不復獨步之狼的地位。讀洛夫詩，對他的《西貢詩抄》、《外外集》系列作品，也頗看重。後來，洛夫以葉維廉之論倡「純粹經驗論」，又與余光中的「新古典主義」走向異曲同工。余光中的《蓮的聯想》後，以美國之旅受民歌運動影響的《在冷戰年代》與《敲打集》，可是視為與洛夫《西貢詩抄》、《外外集》互相輝映的作品，可惜都因為對於現實經驗可能與統治權力體制的違和而未能持續深入。以詩宗社之名，頗有開宗力派，再振從中國來臺的戰後臺灣現代詩相對於本土球根的另一香火之意。但以純粹經驗論，引唐詩宋詞和脫逸詩觀為現代詩引路，是開倒車，走回頭路。這是從中國流亡來臺的詩人們的困境。

戰後臺灣現代詩的兩種球根論本來應成為戰後臺灣現代詩的特質。從日本語而中國語的語言變遷，被殖民者與流亡者（雖然依恃的是殖民體制的權力，但也被綁架。）的對照。可惜一方在朝性擔過強，一方屬於在野，雖不至壁壘分明，但涇渭畢竟差異。我在〈招魂祭〉一文批評洛夫，結果是一連串的政治性風波，顯示某種文化霸權心態，洛夫甚至說，詩壇會有新的世代，但不是「你們」這種話語，巨人的《中國現代文學大系：詩》的慕尼黑事件，不惜抽掉應選入而未選入的我與羅青、鄭炯明，確實讓當對詩滿懷熱情的我，失望至極！怎麼會這樣？這種詩壇、詩狀況，有必要留著嗎？

但我畢竟沒有放棄詩，而且視詩為自己的志業，戰後的臺灣從日本殖民地轉而為國民黨中國殖民地是特殊的歷史構造，臺灣本土詩人的話語權，被籠罩在具有「國語」力量的通行中文，既是文化的也是政治的。臺灣本土詩人必須認清自己在野詩人的處境。持有語言也只持有語言才得以成立的詩人之路。比起美術家和音樂家（歌樂除外）更是艱困的。受到兩種「國語」壓力的臺灣詩人，在文化上居於弱勢，但這是相對弱勢是有倫理的優勢，會反映在抵抗與自我批評。這是語言當權派或共構派的盲點，反而會讓語言當權派或共構派陷入倫理的瑕疵。許多附和國策文學，在戰鬥文藝列車搭上班次的詩人們，有些會把那些爭寵得獎作品排除在業績之外，就是這種原因。回顧戒嚴統治時代《笠》的詩人們比較沒有配戴污染的勳章，也因為這種原因。若反思二戰時期，軸心國家的日本、德國、義大利，有一些詩人附和國策，附庸統治權力，在詩史文學史被清算。就會清楚地這種文學倫理。臺灣的政治未清算歷史反映在轉型正義未實現，並沒有清楚的詩史文學史清算。或許，這種罪責感並未明確，但並不表示附和不當國策文學，附庸不當統治權力，沒有罪責。

〈招魂祭〉成為一個事件，是一九七一年六月號《笠》43 期發生，並延續一年，有些紀錄成為詩史，有些則在《笠》和《創世紀》當時折衝事件的詩人記憶裡。引爆事件的我，只被視為頑童，或不良少年。反而沒有介入形式上的紛爭。對於我，似乎沒有影響或關連。而見諸《笠》的相關篇章，記述了《笠》同仁的關切挹助，也有《笠》外的詩人發表意見。〈招魂祭〉這個事件，在經過三十年以後，進入二十一世紀，在一些臺灣現代詩史的記述裡，成為新世代對舊世代的挑戰，較多申論世代衝突，較少著墨於文化和政治的原因。臺灣現代詩兩個球根論發展出來的系譜差異，或國語問題（日本學者小森陽一的《日本近代國語批判》，對於臺灣而言，太高調了。這種自我批評，在臺灣不但罕見，也可能無法看到！）並不出現在有關詩史的論述。我們的詩人們太多只是寫著寫著有些對於語言只侷限於修辭的鍛鍊，把詩的造形弄得像身體（文字）的技藝；相反的有些素樸主義素樸得像一般步行。造型之外的精神呢？精神不是重要的，不是嗎？相對的，精神也得有優美的造形去呈顯才是藝術，不是嗎？〈招魂祭〉已是過去的歷史，但其中的語言問題仍然考驗著詩人們。

《笠》的臺灣詩風景

《笠》一年一選詩和譯詩，自《笠》292期起連載，是我在二〇一一年秋，發願為《笠》整理本土和世界視野而進行的一項計劃。那時際，《笠》面臨一些發展的隱憂與困擾，也有同仁個別的動向與團體路向的磨合問題。我雖然自一九九〇年代以後，未有社務、編務掛名，仍應邀參加了一次社務、編務聯席會議。以一位早期曾在編務與社務出過力量的同仁，而且對《笠》懷有一份深層心意，認為戰後臺灣現代詩史中，《笠》的地位仍未彰顯而對詩史重建感到必要，在那次會議中決定挺身以一己之力，進行以一九六四年到二〇一四年為期，從發刊三〇〇期的《笠》選出一年一首詩、一首譯詩作為《笠》的臺灣詩風景與《笠》的世界詩風景，為《笠》的五十年留下見證。

《笠》五十年一年一選詩、譯詩，在大約兩年的工作期完成。自二九二期（二〇一二年十二月號）連載。這是我一己之力，而非同仁共同參與的作業。作為一九六〇年代末即參與《笠》，對《笠》的發展具有某種志向，而且觀照臺灣戰後詩動向並形成《笠》詩史意識的我，編選出我視野裡《笠》的臺灣詩風景：

1964 桓　夫（陳千武） 沉淪
1965 錦　連 挖掘
1966 詹　冰 三角形
1967 葉　笛 火與海
1968 白　萩 天空
1969 杜潘芳格 中元節
1970 黃靈芝 進化
1971 巫永福 泥土
1972 吳瀛濤 天空復活
1973 陳鴻森 魘
1974 李魁賢 擦拭
1975 陳坤崙 我的出生
1976 黃騰輝 石油
1977 陳明台 月

1978 許達然 樹

1979 林宗源 人講你是一條蕃薯

1980 鄭烱明 給獨裁者

1981 白　萩 雁的世界及其觀察

1982 非　馬 芝加哥

1983 拾　虹 鷺鷥

1984 陳鴻森 比目魚

1985 杜國清 露

1986 陳秀喜 也許是一首詩的重量

1987 林亨泰 力量

1988 王麗華 這是自由的國度

1989 張信吉 哀悼的方法

1990 利玉芳 向日葵

1991 林盛彬 馬德里・1990~91

1992 蕭翔文 野鴿的愛

1993 林豐明 選民的觀察

1994 江自得 從聽診器的那端
1995 蔡秀菊 坐在急水溪的河堤上
1996 林　岳 信
1997 張芳慈 問號
1998 江　平 渡
1999 向　陽 烏暗沉落來
2000 陳　晨 新政府
2001 陳明仁 新世紀
2002 曾貴海 報告宇宙
2003 趙天儀 鳥聲的心電圖
2004 王宗仁 戶籍
2005 王憲陽 下棋的黃昏
2006 郭成義 幽靈的語言
2007 蔡榮勇 重量
2008 吳易澄 北京之京
2009 李勇吉 變葉木

2010 賴 欣 行業
2011 莫 渝 挖掘
2012 陳銘堯 夜景
2013 陳明克 風箏
2014 李昌憲 人
補錄 岩 上 （1996）

以每雙月出刊，《笠》的五十年三〇〇期，創刊第一年自六四年的六月號的第一期到十二月號為十四期；而二〇一四年四月號，以三〇〇期為五十年下註腳，當年度二期。五十年，其實是五十一年，以五十位詩人，加上補錄共五十二首詩，形成了我視野裡，《笠》的臺灣詩風景。

《笠》的五十年形跡，有世代性風景，也有時代性風景。

一九六四年代 彭明敏與兩位學生發表〈台灣人民自救宣言〉
一九七〇年代 鄉土文學論戰、美麗島事件
一九八〇年代 風起雲湧的政治改革運動

一九九〇年代　國會全面改選，寧靜革命進行
二〇〇〇年代　政黨輪替，不穩定的民主化進程
二〇一〇年代　國共聯結，阻礙臺灣民主化，新新世代覺醒

《笠》創社創刊之年，吳濁流創刊《臺灣文藝》，頗有本土文學雙璧崛起的意味，而在藝術與社會之間持有介入觀，又執著於詩之為詩的態度，《笠》同仁的詩在時代面相，現實性的呈顯和社會性的映照。在戒嚴時期的一九六〇年代，吳濁流以一人，而《笠》以十二人創辦分屬於小說（綜合之學）與詩的刊物，標示著困厄時代某種臺灣文學運動。臺灣具有本土意識的小說家和詩人的文學行動含有文化和政治的雙重意味，具有歷史意義。

從一九六〇年代到二〇一〇年代，不同的世代在《笠》登場，交織成時代和世代的詩風景。本書收錄的五十位同仁，有些仍在《笠》的陣容，有些已非同仁，在《笠》的園地留下詩的行跡。系譜的世代性呈顯線性軌跡：

一九一〇世代　巫永福、吳瀛濤
一九二〇世代　詹　冰、陳秀喜、桓　夫、林亨泰、杜潘芳格、蕭翔文、錦　連、黃靈芝

一九三〇世代　葉　笛、黃騰輝、林　岳、林宗源、趙天儀、非　馬、白　萩、李魁賢、岩　上

一九四〇世代　王憲陽、許達然、賴　欣、杜國清、旅　人、拾　虹、曾貴海、陳銘堯、江自得、陳明台、莫　渝、鄭炯明、林豐明

一九五〇世代　陳鴻森、郭成義、利玉芳、蔡秀菊、陳坤崙、王麗華、李昌憲、向　陽、陳明仁、蔡榮勇、陳明克、林盛彬、江　平、張信吉

一九六〇世代　張芳慈、陳　晨

一九七〇世代　王宗仁、吳易澄

七個不同世代在六個十年代的五十年期間，以詩在《笠》呈現臺灣詩風景。世代有世代的特色，時代有時代的屬性。這期間，《笠》曾經以不同的詩選集體發聲：從一九七〇年代末的《美麗島詩集》以足跡、見證、感應、發言、掌握在五個分輯主題發聲，一九九〇年代初，以《混聲合唱》呈現詩人像和詩風景；二〇〇五年，以《穿越世紀的聲音》延伸了跨越世紀的抒情；二〇〇九年《重生的音符》以解嚴後的詩呈顯政治變遷的經驗與想像。以五十年一年一選呈現的《臺灣詩風景》是時代和世代交織在不同年份的象徵選樣，既為群體轉延的形跡，也是個體記憶的腳印。

相較於之前許多《詩》詩選，《笠》五十年一年一選詩，是一年一腳印留下的形跡。在編選時，常有掛一漏萬的取捨之憾，又考量到儘量多樣化呈顯同仁的詩風景，讓同仁登場。雖不至絞盡腦汁，仍感取捨之難。我做為選編人，自行排除於外；以一人一選為原則，但仍有白萩與陳鴻森兩人各有兩首；而五十年一年一選，不足以讓每位同仁登場，更是遺憾。在適當的年份，選適當作品，而且考量前述相關因素，前後將近兩年的作業，一方面是我重新面對《笠》的精神史做一個梭巡與探索；一方面則是省思自己作為一位同仁的觀點參與，我從同仁們的作品體察到詩人的不同形跡。

每一首選詩，我都試加解說。是我的閱讀心得，也是報告。經由一年一首詩的呈顯與閱讀，《笠》同仁的不同風格展現在《笠》五十年的軌跡，應該交織出混聲合唱的廣闊音域，不只不同世代各具特色，即使同一世代也殊異各具。在時代的場所，更交互輝映，對照，留下精神史的見證之言。這應讓一些評論家一新耳目，而不是偏頗的忽視，或視而不見的輕忽，對戰後臺灣詩史的重建有所助益、改善。

《笠》在三十年時，曾出版《笠詩刊三十年總目》（吳政上、陳鴻森編）及《時代的眼，現實之花──《笠》詩刊 1~120 期影印本》（臺灣學生書局），既是窗也是鏡，是建構也是足跡，是進行曲也是風景畫。相對於其等極大化，《笠》五十年一年一詩選是極小化，不是全貌而是抽樣，提供另一種觀照，也是戰後台灣詩史中五十年每雙月出刊，未曾中斷的一份詩刊的廣泛投影。

邁過五十年，從三〇一期起，意味的是更新的世代，更新的時代會交織的詩風景。前行世代凋謝淡出，新起世代茁壯、繼起，另一個五十年應會有另一種風景，另一種視野，寄託在更新世代的心上。從前面對戒嚴時代的壓制，新的考驗是大眾消費社會的挑戰。《笠》的詩人們應如何連結已有的傳統，如何秉持創作立場和藝術態度，延伸、綿延出新的線性風景，這是新的課題與挑戰，會在新的歷史印記新的詩風景。

審判自己

不知怎麼，我想起《笠》三十七期（一九七〇年六月號）封底裡的〈審判自己〉這篇署名編輯室的報告，或說啟事。料想這應該是當時主編白萩的手筆。就在之前幾期，白萩署名的一篇評論〈脫光以後〉，才檢討了一些詩壇現象，語重心長。那時候，《笠》一期不過五十多頁，薄薄的一本，但刊載的許多作品、評論、譯介，在詩史留下見證。

〈審判自己〉是對笠同仁，也是對投稿人的訴說。主編想必因為選稿甚嚴，或許也引起同人不悅，有感而發。就是這樣，因為那篇短文一開頭就說到「由於最近大量地退稿（包括同仁在內），頗引起一部份同仁和投稿青年的疑問之聲。——譬如：為什麼同仁失去在同仁刊物刊登作品的『當然』權利，或者：為什麼從笠退回的稿件，卻不少由其他文學刊物接受刊登？」

白萩在那篇文章提到一些例子，也提到「老一輩的同仁基於對文學態度的真摯及接受批判的雅量，都尚能忍聲嚥下一口氣；年輕同仁可都叫起來了，其他非同仁的投稿者，也覺得最近笠的選稿態度瘋了，不知悶葫蘆裡到底要什麼藥？」

白萩以「笠和日本、英、美、德的詩壇交流逐漸密切，有必要將本刊（也就是笠）的詩水準提高到與他們並肩的程度」來談他的想法。他並批評那時候就有一些詩人說什麼中國現代詩（這是那時候的說法）已超世界水準的說法。認為雖然不少被翻譯成英、法、日等多種語文，但並沒有什麼好反應！沒有什麼外國出版公司接受出版。他強調在台灣的中國現代詩並未在世界詩壇建立起信譽，也批評了參加菲律賓的世界詩人大會是騙人的勾當的重話，認為那種水準距世界水準大約有到月球那麼遠。

這麼重的批評話語，應該有很多台灣的詩人感受得到。笠在那時候，才過了第一個五年，而今已過了十個五年。那時候，三十三歲的白萩，現在八十歲了。當時二十幾歲的我輩，在笠的陣營看著父執輩的詹冰、陳千武、林亨泰、錦連……經歷跨越語言的艱辛，兄長輩的白萩詩藝精湛，許多同仁對於譯介外國詩，頗多啟發，也養成自我鍛鍊的精神。〈審判自己〉那篇文件，深深記憶在心。

白萩在文件提到〈笠〉的選稿方針和標準，並有所評論：

A、文學態度：真摯

B、準確是清晰的言語

C、全體的有機性秩序高於各別的奇異

D、方法論的注重

E、能擴大人類已有的詩經驗。

他在篇末說，審判自己就是取消同仁刊登同仁雜誌的「當然權」理由。也說，作為審判人家的編輯同仁，更需天天審判自己，才來審判人家。

雖現在這麼多年了，回想《笠》創刊初期，與《台灣文藝》同樣在一九六四年，彭明敏和學生的台灣人自救運動發起年，劃下歷史的註記。在政治上，台灣的民主化，獨立化進展，儘管仍困難多多，但畢竟改變了一黨統治的形勢；而經濟上，一九六四年更是台灣許多集團企業邁出一片天的時機。《笠》作為詩刊，聚集著一群台灣人，經歷五十多年，三百多期，在詩史重建的開拓視野，又如何呢？看看《台灣文藝》已經停刊，想想台灣以文學為領域的文化運動也並非那麼燦爛，有些悵然！

《笠》是一份同仁詩刊，「笠詩社」被視為是本土詩人的陣營。既然作為同仁詩刊，就有同仁詩刊的問題和有必要的省思。《笠》的多重時代，多層世代，的確是台灣特殊的詩文學風景，反映了台灣本土詩人仍然未真正文化上復權，也反映了台灣的詩文學仍然必須依恃在同仁詩刊的現實社會條件。比起一般國家，詩的同仁誌常常是一群新進詩人合力衝撞詩壇，或一些詩人共同發起一項詩文學運動。更多的園地是出版社經營，並以之為詩的陣地，詩刊和詩書在書店活動，與閱讀者交流。日本的「思潮社」出版《現代詩手帖》

以及著譯詩書，主持者就是一位重視詩文學的出版人。而以出版詩刊、詩書而能夠長期經營發展，反應的也是日本的文化條件。

這需要詩人，出版家以及閱讀者構成的社會構造條件。詩人們能夠期望的應不只出版家及閱讀者，也應該反思自己，要求自己。為什麼詩沒有人愛讀？不能只指向出版人、閱讀者！為什麼詩要被閱讀？可被閱讀？白萩在〈審判自己〉中所申論的諸多課題，應該被《笠》的同仁觀照，也應該被台灣的詩人們觀照。

台灣有台灣的文化病理，有台灣的詩病理。特殊的歷史構造在近現代詩以一九四五年終戰劃分的前後外來殖民統治，形成的語文中斷和政治禍害，當然是病理的根源。但是詩人們面對著文化和政治的病理，應該凝視這樣的病理。二戰後的日本「荒地」、「列島」的詩人們怎樣面對意義的廢墟，走過意義的廢墟，重新建構詩的精神史？如果沒有這樣的體認，只會自怨自艾，詩人不會受到重視、尊敬；詩也不會受到重視、閱讀。

面對仍然以「中華民國」文學史觀敘述的台灣文學史，詩史仍然被扭曲在以中國性包紮的台灣性思維下，對於戰後台灣詩史的視野帶有極大的偏見，這也是事實，但這樣的偽事實，非真實，一種欺罔而已。正如白萩在〈審判自己〉提到的，是無法讓台灣詩在世界詩壇的舞台發出亮光的。戰後台灣詩文學的重建仍然是詩人們無法不從審判自己去面對的課題。

審判自己，不要自怨自艾。好的詩，好的詩人也許會被遺漏，但不好的詩，不好的詩人不會在詩史有真正的位置。這是我的信念。《笠》從審判自己，一步一步奠定一些詩的業績。五十多年每雙月出刊，三百多期，未曾中斷。《笠》的同仁們最重要的是面對自己，以真摯的文學態度，準確、清晰的言語，全體有機性秩序，注重方法論，擴大人類已有的詩經驗、繼續執著於自己的詩史路途。向世界看看，把台灣放在世界，才能走出真正寬廣的詩之路途。

IV 世界詩的視野

吳潛誠〈從台灣看愛爾蘭〉的文學、文化與政治視野

——兼懷摯友

〈從台灣看愛爾蘭〉是吳潛誠（1948~1999）一本書《航向愛爾蘭》中的一篇文章，副題是「島國的文藝復興」。這篇文章是（1993~1994年）我擔任台灣筆會會長時，在月餐會的二十四場演講之一。

回首閱讀，開頭的「殖民經驗與民族意識」他提到「按人口比例來算，在英語世界裡，愛爾蘭的優秀人數最多，超過美國、英國和其他英語國家。」並說「愛爾蘭的知名作家大多是愛爾蘭文藝復興的主要作家。」

他列舉了喬哀思、葉慈、蕭伯納、王爾德以及貝克特，說「面積八萬多平方公里，人口不到四百萬的彈丸小國，在國際政經舞台上無足輕重，卻產生了全世人矚目，光照寰宇的文藝復興，……」認為一九二二年，愛爾蘭得以建立自由邦，必須歸功於愛爾蘭意識，而愛爾蘭意識主要是靠文化力量形成的，尤其是文學的力量。

有兩段話涉及「台灣的政治人物這呈現了吳潛誠對台灣政治人物的關照——其一，「記得十數年前（一九八〇年代）在西雅圖的時候，有一位台灣反對陣營的領袖人物到該地去訪問，在私下的座談會談到愛爾蘭的問題時，這位政治人物不經意地說，如果今天讓愛爾蘭人投票決定國家前途的話，他們可能不贊成獨立，因為獨立對人民並沒有什麼實質好感，在政治和經濟上反而壞處較多。」

吳潛誠指的這位反對陣營的領袖人物應該就是許信良——他從中國國民黨脫黨，競選桃園縣長，中國國民黨企圖作票，引發中壢事件，迫於形勢，仍由他當選。美麗島事件發生後，他適時出旅美國而未被當局逮捕入獄。滯美期間，他創辦《美麗島周報》批評時政，並遍歷全美，與在美台灣人以及留學生接觸。吳潛誠在西雅圖華盛頓大學攻讀英美文學博士學位，同時際的留學生中，有攻讀文學的邱貴芬、攻讀歷史學的陳芳明。後者並擔任《美麗島周報》總編輯，為許效力。

許信良被稱為政治變色龍。他曾以中國國民黨中山獎學金出國留學，返國後在中國國民黨中央黨部服務（同期中有張俊宏），素有政治抱負，一九七〇年代，曾參加《大學雜誌》議論時潮，和張俊宏等人共同撰寫《台灣社會力分析》，對政情有所影響，但在擔任台灣省議會議員之後，欲參選桃園縣長，未獲中國國民黨提名，憤而脫黨參選，並自許「此身常為中國國民黨人」。

許信良為現實功利論政治人物，向以識時務為名，黨外運動時代，具有反對中國國民黨的群眾魅力，美麗島事件的政治災難，他因此適時出旅美國，得以倖免。在流亡中，他仍對台灣統治當局掀風作浪，在美率先組黨促成台灣民進黨的創黨，多次闖關回台不成，卻讓當局後來不得不取消政治黑名單，以取信國際。

在吳潛誠的記述中，許信良這種重政治和經濟好處的發言，反映了許信良的心態。作為一個識時務者，真正的理想不會存在。作為一個政治人物，許信良有抱負，但不一定有理想。吳潛誠在愛爾蘭文藝復興運動中看到的文學、文化課題以及與獨立運動關連，對於許信良而言，太高調了。台灣的政治改革運動和社會改造運動是否在反對運動中真正存在？是否對於許信良的批評太重？吳潛誠說了「這位政治人物的說法只考慮政治和經濟因素，而沒有考慮到文化因素。」這樣的話。

為什麼被壓制了七、八百年的民族還一直追求獨立？而且最終獲得獨立！吳潛誠說：「只有透過文化才能充分理解」。

許信良代表從黨外時代到民進黨，台灣政治改革運動中的某種格局。許信良終得回到台灣後，他曾擔任民進黨主席，後來脫黨選總統，再後來又回到民進黨，不過這時已是民進黨陳水扁執政八年之後的事。如果許信良代表某種格局，吳潛誠憂慮的只重政治、經濟而不重文化的表面利益取向，是不是仍存在於民進黨？

吳潛誠在同書的同一篇文章，也提到另一件與台灣政治人物有關的事。他以愛爾蘭文藝復興運動中，對葉慈影響很深的歐李瑞為引子，談到林義雄。歐李瑞曾是革命組織的報刊編輯，一八六七年因涉嫌叛亂被英國政府逮捕入獄。原為政治人物的他，放逐回來後，不是參與政治，而傾全力推動經由文化和教育促進愛爾蘭意識。

「如果我的印象無誤的話，自海外回國以後的林義雄先生跟他（即歐李瑞）有點像。歐李瑞對葉慈的影響很深，可以說是葉慈的啟蒙導師。他常常強調『沒有民族性就沒有偉大的文學。』葉慈在《葉慈自傳》中經常提到歐李瑞，引述他常說的一句話：『有的事情就是為了救國家也不能做』。」吳潛誠還提到，歐李瑞是台語或日本話所說的「人格者」。

林義雄是相對於許信良的另一種典型。美麗島事件，他事發後應邀南下高雄了解，並未參與，仍被以涉嫌叛亂治罪。而在看守所偵訊期間，一家三口包括母親和雙胞胎兩位女兒在家中遇害，可以說受盡了政治災難。視同被放逐，在假釋後出國的林義雄，先後在美國哈佛大學、日本筑波大學、英國劍橋大學研修公共行政，並帶了他構想的《台灣共和國憲法》草案回國，擔任民進黨主席時輔佐陳水扁二〇〇〇年總統競選成功。後來引美國詩人佛洛斯特〈選擇另一條路〉為志、辭主席，甚至離開民進黨。全力慈林基金會的志業，兩次千里苦行的環台行腳；從核四公投到人民作主的社會運動概念，以及台灣民主紀念館的設置，反映了林義雄的民主信仰。許信良脫離民進黨參選總統時，林義雄苦心規勸的一句話：「信良兄，有些錢不能拿。」不是有點像歐李瑞的話「有的事情就是為了救國家也不能做」嗎？

吳潛誠對許信良有批評，對林義雄有讚賞。從愛爾蘭文藝復興與愛爾蘭獨立運動的關係，吳潛誠反思了台灣。在批評與讚賞之間，吳潛誠流露一種深沉的觀照。他以葉慈寫給朋友的信中曾說的：「我將為我的同胞而寫……出於愛或憎惡無關緊要……」這像是對台灣的作家引介的話語。台灣，是否能夠形塑文藝復興運動為台灣的國家重建與社會改造提供能量？

在對台灣之愛中，吳潛誠對自己的同胞並不是沒有批評的。這段話語讓人深思——

「其實，自己的同胞，有時候並不那麼可愛的。有時候，我就不覺得台灣這個地方的人和事有什麼可愛，甚至是可惡的；但自身流放在外國卻是另一回事。譬如說我們在臺灣努力奮鬥，追求了幾十年還得不到的某些東西，在美國都可以輕易得到；然而，無可諱言，我們在美國生活，基本感覺是空虛的；在台灣就不相同了，這裡發生的一切，我們大多會有切身的感受，也許是喜悅，也許是痛苦，也許是憤怒生氣，總之，我們難以置身事外，無動於衷。」

台灣這個有特殊歷史構造的國度，源於墾拓型移民社會的傳統，重經濟而輕文化。政治相對的經濟和文化兩種關係連條件中，人民關心的是經濟，大多政治人物也一樣。失卻文化能量，只重經濟，很容易落入現實論的陷阱。台灣人民，困惑於經濟利害，附和在外來統治體制而無法真正發出共同體的建構，而對共產黨中國的威脅，也困惑於經濟利害的迷失之中。在台灣相互競奪的政治人物，率多許信良之輩，缺乏自己民族的創造性想像和建構性目標。

其實就像吳潛誠所說的：「參與愛爾蘭文藝復興的人，包括葉慈在內，很多是英國人的後代，就是所謂Anglo-Irish，他們久居愛爾蘭之後，甚至比愛爾蘭人還更具有愛爾蘭意識。」這樣狀況，在台灣也能形成嗎？曾經有所謂新台灣人概念，具有這樣想像，可惜只是帶來政治表面張力的語詞，並沒有充分開展。缺乏文學與文化的想像和追尋，政治只成為權力競奪，只被經濟因素操控或操控經濟因素。

為什麼缺乏文學與文化想像？吳潛誠的感慨是：「台灣有不少詩人，動輒侃侃而談要超越現實，超越政治；分明是自己對政治欠缺敏銳的感受，卻一味擔心自己的美感經驗中有政治傾向，亟力想撇清任何政治牽連。」他引證奧登對葉慈的形容：「瘋狂的愛爾蘭把你刺傷成詩」。如果台灣要把詩人刺傷成詩，那是什麼樣的台灣！

〈從台灣看愛爾蘭〉，從另一個角度來看，其實就是從愛爾蘭看台灣；吳潛誠提到許信良和林義雄，引為政治人物的例子。他在列舉的愛爾蘭作家間，特別以葉慈為中心，提出他想要帶給台灣的啟示。對於文學、文化與政治的關係，他深切憂慮的是：相對於愛爾蘭，台灣的輕浮性與匱乏性，某種程度批評了政治人物，也批評了文化人。

一九二二年成立自由邦的愛爾蘭，並於一九四八年建立新的共和國。但仍然是英聯合王國的北愛爾蘭，英國國教徒與天主教徒之間仍然存在著矛盾與衝突。愛爾蘭共和國的人民將如何與認同這個獨立之國的北方愛爾蘭人民連成一體？或北愛爾蘭的作家如何面對存在的矛盾和衝突這種政治危機？吳潛誠提到包括黑倪在內的愛爾蘭作家，意識到而且因應的課題。

因為吳潛誠已於一九九九年離開人世，他的愛爾蘭文學、文化與政治視野，不再能夠流露他的筆下。這十年來，我常常想到這位朋友，並不時翻閱他的著作，也常常細讀他為我詩集《傾斜的島》所寫的〈政治陰影籠罩下的詩之景色〉，以及為詩集《心的奏鳴曲》所寫的〈擦拭歷史、沖淡醜惡以及第三類選擇〉。

捲卷沉思，在夜暗中省察自己詩人之路，也省察自己介入之途。常常浮現出來的日晰影像是：吳潛誠墓園的墓誌銘，那是我為他人生留下的誌記：

根植美麗島　纖傷痕成詩篇
航向愛爾蘭　化冤錯為甜美

用心創治，用語言編織

二〇一一初秋的一個午后，我接到林宗正牧師的電話，說他的一位泰雅爾族的學生要出一本新書，希望我能為他作序。在電話裡，我一直認為林宗正牧師提到的瓦歷斯・諾幹。我還一直說他的第一本詩集就是我寫的序，為什麼沒有自己來電話？掛完電話不久，宗正牧師提到的這位學生來了電話，一談才知道他不是他，而是瓦歷斯・羅干。

不隔幾日，收到他寄來的書稿《定格小小的說》。從他的信件知道，一九九一年他就在晨星出版了一本雙語小說文集，林宗正牧師是他在U.R.M受訓時的老師，這是一種非暴力抗爭的課程，對於許多關懷社會改造的台灣青年有所啟發。《定格小小的說》是他的另一本新書，一樣是實驗性作品。

這學生（作者）預估這本書「連同書皮封面薄薄一本，用紙不超過二十張；書價：俗俗e賣，重重e看；建議不二價；新台幣七十五元」。這些想法與作法，讓人眼睛一亮，心胸大開，完全顛覆了書市的概念。真是讓眼界大亮大開。

在我細讀漫畫書寫文學形式教育班—《定格小小的說》書稿的時際，常常接到他的email，知道他許多想法。附帶的信裡的常民詩歌，更是充滿歡喜的禮物，反覆閱讀，愛不釋手。他以「友善的跳蚤」之名附在信件的一句話，印說在我心的書頁：

願創治、編織的天父上帝祝福您

這裡，「創治」若以通行台語體會，有調皮的意味；「編織」則顯示了原住民手藝調性，冠在天父上帝的名義不就是擁抱著基督信仰而不失原住民純真性格的活生生例子嗎？原住民文學豐富了台灣文學，並重新奠基台灣通行語言文字的「言靈」從這樣的書寫充分反映出來。

漫畫書寫文學形式教育班—《定格小小的說》是有創見的。「定格」是影像、漫畫術語；而「小小的說」有小說的語彙被析解在其中。小小的是量化的細微，但隱含了「小說」在詞彙裡。這不就是「創治」的一種樣式？要「創治」就「創治」出一個樣式來；關於「漫畫書寫文學形式」作者提出這樣的觀點。

其一，（起）字數限制的信仰信念持守。

其二，（承）說故事的榜樣學習。

其三，（轉）精神文化精義／理想思考的整理記錄。

其四，（合）漫畫／書寫／想像空間。

其五，（破／詮）簡潔、明確、講重點。

這顯然是深具個性的文學觀。從下列形式與內容的作者論及作品諸要求，作者為自己的文學豎立了標竿。

「像孩子般單純地敬畏父、子、聖靈（上主耶穌基督聖靈）」；以『唱哦詩吟』的模式把部落歷史、人、事、物事蹟、淒美浪漫故事、悲壯史詩「『用唱的方式』傳遞一代再接棒一代傳唱詩吟」；「系統性建構原住民理則思想的記錄、整理和分類、歸納、演譯是當今台灣原住民族乃至世界原住民族當務之要」；「用文字照相！用文字畫漫畫！用文字做卡通！用文字拍電影！」；「簡潔、明確，講重點」

這樣的申論及述說，就是漫畫書寫文學形式教育班—《定格小小的說》的創作追尋形貌，是作為一個台灣原住民，一位泰雅爾族人的文學樣態。《定格小小的說》是有五篇作品，以〈特寫篇——懶惰聽話〉；〈單格篇——在那邊〉；〈四格篇——瞭解的不明白〉；〈六格篇——一毛不拔〉；〈八格篇——報名〉，文字加上數量不一的定格，從「調皮的蚱蜢」

到「紫色老實樹」、「友善的鯰魚」、「發火的山羌」、「貓頭鷹」，流露作者的台灣原住民的故事。他是一個說故事的高手，精彩的故事，驚異的發展，驚喜的結局，——就是那麼不同於台灣文學給人的印象，一般都那麼缺少幽默感。

這不能不談到有語言而沒有文字的台灣原住民作家語字狀態的不受拘束。以通行漢字中文呈現的福台語作家、福客語作家或所謂的華語作家，常常被語言文字的書寫傳統拘束，思考和想像力常常拘泥於不同程度的經典性。即使是以漢羅、全羅的書寫福台語、福客語作家也常常無法走出束縛的圈套和繩結。本書作者像一些原住民作家一樣，他打亂、壓碎、重構、新組。通行漢字中文在他筆下成為台灣原住民的語字意象。

「不準講話」，「治嘴」（懶惰聽話）；「你站過來一點我報給你知」（在那邊）；「我剛剛才和月亮通電話」、「我們都互相瞭解的不明白」（瞭解的不明白）；「一毛不拔就是連一根毛都沒有」、「如果要喝酒，回去向你們自己的老闆找酒」（一毛不拔）；「不是報名，你是要掛號」、「對呀，所以我給你報名呀！」（報名）。台灣原住民作家「創治」漢字中文，不服從外來書寫傳統的文法規矩，開拓了語言的活力。比起崇尚傳統經典的一些通行漢字中文作家常常只掌握了形式，缺少內面性意涵，習慣用成語裡複製經驗，這樣的文學表現讓人感受到更多的想像力。

作者從一個泰雅爾族人，因為婚姻關係，暫時搬遷到太太在獅子鄉的排灣部落。泰雅族人瓦歷斯・諾幹和排灣族小說家撒可努，是兩位受矚目的台灣原住民作家，恰好是本書作者生活裡跨越的兩個台灣原住民領域，這也滿有意思的。而獅子鄉離我視為自己故鄉的南台灣恆春半島，那麼近，更讓我覺得親切。

看漫畫書寫文學形式所呈現的原住民文學，讀《定格小小的說》，從文章中蛻化自漢字中文的台灣原住民式語字，似乎看到一種台灣文學語言經由變化形貌而找到的新意味。而且不只是語言文字，更有從表述內容所展現的動人物語。出自台灣原住民的文學反過來可以豐富、活化福台語、福客語文學，甚至華語文學。多音交響的台灣文學形貌應該從各個語族的本位主義解放出來，應該是這樣的文學的啟示吧！

寫到這裡，我想到最近在「世界詩的小小窗口」專欄裡譯介的一首義大利詩人作品〈天空的背後有什麼？〉。孩子和父親的對話裡，呈現一種幽然經驗和令人感動的想像，用來為這篇序文下註腳。

天空的背後有什麼？

父親，天空的背後
有什麼？

有天空，兒子啊，
那再後面嗎，
更多的天空。
那再後面呢？
差一點的幸福，
上帝。

——義大利／諾凡塔 G. Noventa 1898-1960

以小夫子漫畫書寫文學形式教育班班長身分，這泰雅爾 Tayal 的文學人在上帝和自然的調教下台灣原住民文學的樣貌，值得閱讀、探索。

觀照世界女性詩風景

《在寂靜的邊緣歌唱》（圓神出版）這本世界女性詩風景，是二〇〇八年出版的譯讀詩選。以一首詩一幅女性風景，一首詩一個女性為介的這本書，選譯六十位不同國度女詩人的作品。四個單元，依經度劃分，包括：歐洲各國；從俄羅斯、中東到非洲；亞洲到大洋洲；美洲。這是一個之前在《新台灣周刊》連載六十周的專欄結集，是我較為專注女性詩的譯讀作業。

我在書的自序〈從世界的女性詩探看世界的女性心〉，提及「六十位世界女性詩人的六十首詩，呈現女性的多面向光彩——意志與感情的。作為一個閱讀者和譯介者，我以一週一位女詩人一首詩為對象，留下我的探索筆記或感動手帖，成為一本書，一本獻給妳的書。」，配合這樣的概念，書的封面特別加了書腰，邀請十位台灣女性推介，以「愛詩的女性／美麗的心」為訴求。尤美女（律師），林秋滿（社運工作者），徐瑪里（婦產科醫師），陳麗貴（記錄片導演），黃怡（人本教育札記總編輯），賴秀如（中央社總編輯），蕭渥廷（蔡瑞月文化基金會董事長），掛名推薦的十位女性，可以說都是知性、感性兼備，與詩歌閱讀相得益彰。

《在寂靜的邊緣歌唱》的六十位世界女性詩人，包括在台灣的陳秀喜和杜潘芳格，另有中國的鄭敏和舒婷。不必經由譯介，在漢字中文的詩行直接閱讀她們的心靈風景，與其他五十六位詩集並列。我是從陳秀喜，杜潘芳格的詩開啟對世界女性詩人作品興味的。後來，我也陸續以「當代世界女性詩風景」在報紙和雜誌譯讀了包括吉原幸子（日本），小川聖子（日本），伊娃．麗普絲卡（EWA LIPSKA 波蘭），佩特拉．莫斯坦茵（P. V.MORSTEIN 德國），香帕．瓦依德（CHAMPA VAID 印度），姜恩（韓國），新川和江（日本），卡萊爾．瑪候（CARE MALROUX 法國），瓊安．里昂（JO-ANN LEON 法國），米留絲凱蒂（N. MILIAUSKAITE 立陶宛），石垣鈴（日本）……經由翻譯的閱讀，世界女性詩風景印拓在我的腦海和心靈。

這些年來，我在譯讀世界詩的功課裡擴充自己的詩視野，女性詩人的系列也在我的腦海裡種下詩的樹林與花園。我常常私下比較不同國度的女性詩，也比較外國與台灣的女性詩。從中對自己的詩之道路加以省思。深切希望台灣的女性詩人們能夠擴充視野，加深層次，與世界女性詩人並駕齊驅。

笠的兩位女性詩人煥發著光彩。陳秀喜和杜潘芳格，兩位都是跨越語言一代的詩人，從日文到中文的鴻溝並沒有阻斷她們的詩性心，儘管有挫折，但是她們在困厄的情境下，以一首一首詩作譜呈特殊的詩風景。我曾以〈死與生的抒情〉描述杜潘芳格和陳秀喜的詩情和詩想。在一九八〇年代，甚至更早，台灣的新女性運動勃興時，我常引介她們的詩。

陳秀喜長杜潘芳格六歲。陳秀喜 1991 年辭世一年後，家屬設置的陳秀喜詩獎（1992-2001），首屆頒予杜潘芳格，不無特別推介的意思。評選委員以杜潘芳格雖然年紀較長，但處於戰後台灣詩壇，並未公允給予評價，想藉陳秀喜詩獎加以肯定。其實，在有識之士心目中，杜潘芳格自有她的詩位置。陳秀喜和杜潘芳格不僅是平行的，也是對照的兩人在笠詩社前行代詩人中具有指標性，在眾多跨越語言一代的男性詩人中，有另一種耀眼的女性詩姿影。

我在《在寂靜的邊緣歌唱》選入陳秀喜的〈花絮〉和杜潘芳格的〈白楊樹〉；中國的鄭敏（1920-　）選的是〈金黃的稻束〉，舒婷（1952-　）的是〈雙桅船〉。四首中文詩放在，世界六十位女性詩人的舞台上，與另外五十六位女性詩人的五十六首詩相映出的詩風景，自有特色。

這樣的選編是有趣的。透過十位女性閱讀者的推介，她們分屬不同的領域，各自都有相當份量的發言權，也象徵著女性帶領女性的文化視野。從台灣看中國，或從台灣看亞洲，包括日本、韓國、越南、孟加拉、巴基斯坦、印度……，再從台灣看歐洲，包括芬蘭、挪威、瑞典、丹麥、德國、比利時、波蘭、匈牙利、羅馬尼亞、克羅埃西亞、法國、英國、葡萄牙、西班牙……，更從台灣看俄羅斯、中東、非洲，包括伊拉克、約旦、黎巴嫩、伊朗、以色列、希臘、土耳其、埃及、摩洛哥、南非、莫三鼻克……，又從台灣看北美、南美，包括愛斯基摩、加拿大、美國、墨西哥、蓋亞那、古巴、秘魯、烏拉圭、巴西、智利、阿根廷，涵蓋世界許多不同國度、民族、語言的女性詩人的作品，自有不同的景致和心境，但都呈顯了女性詩的樣貌。

笠的女性詩系譜從陳秀喜和杜潘芳格，也有多個世代，多位詩人，在各自的領域各擅勝場。除了與陳秀喜、杜潘芳格相形對照，也可以更廣泛的國內視野或國際視野對照。世界女性詩風景應該是值得觀照的面向。世界的女性詩人，在她們各自的國度，面對什麼樣的現實際遇和人生情境？她們的詩呈現了什麼？又如何呈現？是值得觀照的。

世界詩的視野

在〈招魂祭〉發表之前，李魁賢發表於《笠》四十期（1970年12月號）的〈遙寄〉，以「春祭」祭謝朗，即保羅・策蘭（Paul Celan，1920-1970），「夏祭」祭沙克絲（Nelly Sachs, 1891~1970），讓我讀到兩位在一九七〇年同年先後離開人世的浩劫見證德語詩人的精神樣貌，對於我的詩視野影響很大。一直到二十一世紀，我較為積極的世界詩譯讀，更把兩位列入我的專注對象。

我開始試著譯介世界詩，是「坦米爾人詩抄」（《笠》四十一期，1971年2月號），是南印度及斯里蘭卡坦米爾（Tamie）人留下的詩歌，流露弱小民族漂泊之悲情。坦米爾人也有強悍的坦米爾之虎（Timie Tiger）游擊隊，尋求建立自己的國家。在《笠》四十二期（1971年4月號），我發表了譯介美國詩人摩溫，大多稱為默溫（W. S. Merwin，1927~ ）的幾首詩，是觸及到越戰的反戰詩。這些詩呈現了弱小民族的詩視野，也呈現了像美國這種大國的詩人對弱小國度的關切。

捷克詩人巴茲謝克（AnAtnin Rartusk,1921-1974）的三十三首詩譯詩在《笠》四十九期（1972年6月號），當時這位捷克詩人仍然在世。等到一九八〇年代末，東歐自由化以後，我於一九九〇年代去布拉格時，他已辭世，而我譯介的巴茲謝克詩選《沉默抵抗》（春暉）出版時，已是二〇〇八年的事。從坦米爾人詩抄，默溫的詩，到巴茲謝克的詩……這些在〈招魂祭〉，發表時間同時際的譯詩嘗試不只擴大了我的詩視野，也形成我繼續寫詩的動力。

我並不想做翻譯家，翻譯世界詩，我視為譯讀。翻譯是閱讀，而閱讀是翻譯。在我的詩人之途，深深感覺到本土本國詩壇詩學詩想的不足，而想要擴大尋覓的視野、發現世界詩人墾拓的詩領土，作為自己繼續走下去的動力。而《笠》的許多前輩、先進、同儕的譯介努力，深深鼓勵了我加入這樣的行列。《笠》是我的詩人學校，讓我學習到詩之為詩，詩人之為詩人的課題；探觸、譯讀世界詩的歷程，是我更近一層、更進一步的深造。世界詩擴大了我的視野。

「坦米爾人詩抄」是歷史的遺產，是古典詩歌，經印度詩人拉曼周安（A. K. Romanujan ,1929-1993）英譯成自由詩，再譯介漢字中文後，有一種抒情詩的當代語境，交織著歷史經驗。而默溫是當代的美國詩人，在英美詩與西班牙詩歌的相互譯介，有許多貢獻，捷克詩人巴茲謝克詩作反映了二戰後，捷克在共黨體制下的困厄，正好喻示臺灣的政治處境。捷克像東歐其他國家，從納粹德國的入侵解放，在左翼的共產黨力量反抗過納粹德國的壓迫，但卻又陷於另一種專制壓迫，與臺灣從日本殖民統治解放後，在誑稱祖國的國民黨中國統治下，面臨相同的際遇。巴茲謝克的詩讓我學習。領悟到如何在專制獨裁下以詩對應、因應。

那些年代　捷克／巴茲謝克　作・李敏勇　譯

你拒絕放棄。
你繼續指望。
你收集每一場大災難的
指紋
想抓攫他們血淋淋的手。
雪更加凌厲地落著。
突然我們滿臉白髮，
我們都是。

在二戰後的長時期，許多陷於共產統治體制的國家都不奢望得到自由化。在那蘇聯向外輸出革命的時代，只有左翼標榜民主的國家被革命、沒有左翼國家被革命，巴茲謝克的這首詩帶有某種絕望。詩人的你，以詩見證，想留下政治災難的指紋——加害者的罪證。拒絕放棄，繼續指望是一種意志，一種堅定的意志。加害者——那些統治權力的劊子手的血淋淋的手，是詩的見證想要抓攫的手。但是雪——既指統治之惡，也指情境的艱困，更與喻示時間的白髮相對照。歲月催人老，時局仍困厄。短短的八行，放在每個不自由的國家，卻能夠體會。

巴茲謝克還有一首〈詩〉，是他的詩學，啟示我他的詩法。

詩

捷克／巴茲謝克　作・李敏勇　譯

告知我，昨夜到今晨
在這個海灘上
更以滲透了睡眠的半透明水液
拖曳我到底部的是什麼？
語言的魚群懶洋洋游過我身，
尋覓一處水面以便躍出
吐一吐空氣，

偽裝成像是為了一個小蠕動
以便能夠飛躍。
皮膚的表層下是黑暗的，
生命在那兒腐朽；
其上，規列的銀鱗之光半是美麗草地，半是緘默的魚。

巴茲謝克的語言之海以語言的魚群喻詩。「尋覓一處水面以便躍出／吐一吐空氣，／偽裝成像是為了一個小蠕動／以便能夠飛躍」無疑是藏在詩行句的隱喻。在某種時代氛圍中，詩必須在行句藏有秘密。語言，會成為詩人的武器，作為見證，與同時代的有心人共同分享祕密，期望能被解讀得到。隱喻，並不只是一種美學的需要，也是回應政治的需要。我在一九七〇年代的兩本詩集《鎮魂歌》的反戰，以及《野生思考》的政治批評，是從巴茲謝克詩得到啟發。在那戒嚴的時代，反戰即反國策；政策批評觸及的更是統治體制之惡。以五十三之齡逝世的巴茲謝克，在我譯介他的詩發表後，不幾年就離開人間。我當時的一本企鵝版捷克詩選；三位詩人的另兩位塞佛特（J. Seifert,1901-1986）和賀洛布（M. Hulub，1923-1998）都比他活得更久，賀洛布甚至看到自己的國家自由化。

當代世界詩的漢譯在臺灣處於荒漠或處女地。從前，都只看到近現代世界的古典，大多是十九世紀末，二十世紀初的作品。經典是經典，但缺乏共時性、同時性。到底二戰後的世界詩是什麼樣貌？外語學者不熱心這種對學術地位、教職升等沒有幫助的工作，只有一些有心的詩人投入一些心力。《笠》的一些前輩在這方面，對臺灣的詩壇很有貢獻，有心人會感受得到。沒有作為翻譯家學養的我，以譯讀的心情辛勤地在自己的紙頁墾拓，陸陸續續出版了幾本譯讀書，把我穿梭在世界許多國家，在二戰後的詩，譯介到臺灣。這樣的工作，有意無意之間提供了二戰後猶太裔詩人經歷浩劫的見證，也在東歐共產黨體制下的許多詩人心聲傳遞過來；對於中東，環境在以色列、阿拉伯世界之間（當然包括巴勒斯坦）的一些詩，還有我們的亞洲國度的詩人，拉美一些詩人的作品……以一種我自己的譯讀方式，呈現出來。

戰後的臺灣詩壇對於當代世界的詩並沒有積極的觀照視野，從前的縱的繼承——以古典中國為主；橫的移植——侷限在現代主義初始，也沒有戰後世界詩的當代性格。臺灣本土詩人既沒有反思戰前歷史的條件，從中國來臺的詩人也沒有凝視流亡、國共內戰的自由空間。徒然在臺灣這個井觀世界的天，某些詩人喜誇在臺灣的「中國現代詩是如何如何優於中國」。其實，在臺灣的詩與生活在這塊土地的人們真正的心的對話很少，在世界的之論，是自得其樂，自我感覺良好，又何以見得有什麼詩的地位？

《笠》的世界詩風景

《笠》一年一選，詩和譯詩，於《笠》292期起連載，是我在二〇一二年秋，發願為《笠》整理本土語世界視野而進行的一項計劃。那時際，《笠》面臨一些發展的隱憂與困頓，一些同人個別的動向與團體路向的磨合問題。我雖然自一九九〇年代以後，未在社務、編務掛名，仍應過參加了一次社務編務聯席會議。以一位早期曾在編務與社務出過力量的同人，而且對《笠》懷有一份深層心意，認為戰後臺灣現代詩史中，《笠》的地位仍未彰顯面對詩史重建感到必要，在那次會議中決定挺身以一己之力，進行以一九六四年為期，從發刊三百期的《笠》選出一年一首詩，一首譯詩作為《笠》的臺灣詩風景與《笠》的世界詩風景，為《笠》的五十年留下見證。

《笠》五十年一年一選詩、譯詩，在大約兩年的工作期完成。自二九二期（二〇一二年十二月），這是我一己之力，而非同仁共同參與的作業，作為一位一九六〇年代末即參與《笠》，對《笠》的發展具有某種志向，而且觀照臺灣戰後詩動向的並形成《笠》詩社史意識的我，除了編選出我視野裡《笠》的臺灣詩風景，也編選《笠》的世界詩風景：

1964 西脇順三郎 旅人不回歸
1965 田村隆一 幻想的人
1966 里爾克 豹
1967 T.S.艾略特 一切不正當底混合
1968 鮎川信夫 死掉的男人
1969 福苓蓋迪 往事如畫
1970 村上昭夫 雁聲
1971 裴外 畫一隻鳥的像
1972 歸冷 甘蔗
1973 大岡信 詩人的死
1974 納京・喜克曼 在鐵籠裏的獅子
1975 波特萊爾 憂鬱
1976 茨木則子 六月
1977 藍波 母音
1978 葉夫圖生寇 我掛一首詩在枝頭

1979 米洛茲　獻詞
1980 休謨　秋
1981 卡法非　城市
1982 金芝河　漢城的路
1983 艾斯納　德意志（GMY）
1984 赫曼・赫塞　臨終的士兵之歌
1985 奧登　一九三九年九月一日
1986 弗蘭林・孚惕尼　共產主義
1987 黎佐　簡潔的意義
1988 增田良太郎　殖民地
1989 峠三吉　八月六日
1990 休茲　黑人歌唱很多河
1991 谷川俊太郎　紅蘿蔔的光榮
1992 普拉絲　蘑菇
1993 格拉斯　讚美歌
1994 帕拉　年輕的詩人們

1995 貝恩 一個字語
1996 翁加雷蒂 結尾
1997 馬雅可夫斯基 關於蘇聯護照的詩
1998 紀廉 西班牙的覺醒
1999 裴瑞拉 在第三個千禧年
2000 戴麗絲・雷沃托芙 黑暗中的談論
2001 蒙塔萊 敘利亞
2002 新川和江 不要栓綁我
2003 薩米・馬諦 戰爭日記
2004 凱拉姆 我和我的國度
2005 安娜・伊斯塔魯 分娩
2006 柯西・安赫爾・瓦連特 詩
2007 烏梁海 蒙古包
2008 阿米亥 我們盡了我們的責任
2009 羅貝爾多・梭薩 窮人
2010 荷西・耶密里歐・帕切荀 叛國罪

2011　W.S.默溫　雨光
2012　古傑瑞　抗議
2013　布羅茨基　我坐在窗邊
2014　權宅明　山茶花

以每雙月出刊，《笠》五十年三○○期，創刊第一年自一九六四年六月號的第一期到十二期月號為四期；二○一四年四月號以三○○期為五十年下註腳，當年二期。五十年，其實是五十一個年份。以五十一首譯詩形成我視野裡《笠》的世界風景。

《笠》的譯詩大部份自《笠》同人的手筆，少數來自社外譯者，以選編在本書的譯者為例，包括陳千武、李魁賢、杜國清、羅浪、非馬、詹冰、林鍾隆、莫渝、陳明台、蕭翔文、許達然、錦連、林亨泰、葉笛、陳錦德、烏爾汗、雪白、雪陽、吳易叡、陳宜君、林盛彬、哈達、金尚浩，其中除陳錦德、烏蘭汗、雪白、雪陽、陳宜君、哈達、金尚浩外，均為《笠》同仁，而除了這些同仁，許多《笠》同仁都有譯詩發表，包括趙天儀、白萩、陳秀喜、梁景峯、李敏勇、周伯陽、沙白、詹冰、巫永福、莊柏林、楊超然等，而不屬於同仁的譯者有楊奕彥、郭文士、徐和鄰、許世旭、芬芳、禾林、陳明尹、鄭民欽、子凡、黃瑛子等。

其中，陳千武、陳明台、錦連、羅浪、葉笛在日本詩的譯介，李魁賢在從德語、莫渝在法語的譯介，非馬、許達然、杜國清在英美的譯介，林盛彬在西班牙語詩的譯介，以及世界工作語言、不同國度的詩譯介，更在《笠》為臺灣開啟世界詩的窗口，擴大視野。相對於臺灣的詩語，《笠》既致力於本土詩文學的墾拓，也在世界詩視野的開拓留下了豐厚的業績，一些人曾以《笠》之本土與日本詩的譯介作為侷限論斷《笠》，是偏見之言，《笠》既有本土，也在世界，在本土與世界建立了橋樑、既有奠基性也有飛躍意識。

收錄在本書的世界詩，若以國度分，包括下列的國家：

日本　西脇順三郎、田村隆一、鮎川信夫、村上昭夫、大岡信、茨木則子、增田良太郎、峠三吉、谷川俊太郎、新川和江

德、奧、捷　里爾克、艾斯納、格拉斯、貝恩

美、英　T.S.艾略特、勞倫斯・福苓蓋迪、休謨、奧登、休茲普拉絲、戴寇絲・雷沃托芙、W.S.默溫

法國　裴外、波特萊爾、藍波

古巴　歸冷

土耳其　納京・喜克曼

俄羅斯　葉夫圖生寇、馬雅可夫斯基

波蘭　米洛茲

希　臘　卡法非、黎佐
韓　國　金芝河、權宅明
瑞　士　赫曼、赫塞
義大利　弗蘭柯、孚惕尼、翁加雷蒂、蒙塔萊
智　利　帕拉
西班牙　紀廉、柯西、安赫爾、瓦連特
巴　西　斐瑞拉
伊拉克　薩米、馬諦
印　度　凱拉姆、古傑瑞、謝爾拉
哥斯大黎加　安娜・伊斯塔魯
蒙　古　烏梁海
以色列　阿米亥
宏都拉斯　羅貝爾多・梭薩
墨西哥　荷西・耶穹里歐、帕切荀

《笠》自一九六四年六月創社發刊，幾乎逐期均有外國詩譯介，除了二〇〇九年

（269~274）諸期，全年無譯詩，補以二〇一〇年「拉丁美洲當代詩選譯」之作品代之。這也顯示《笠》譯介世界詩的努力，在一九二〇年代、一九三〇年代、一九四〇年代出生同人致力於此工事之後，後繼顯得遜色。

收錄在這本譯詩選的世界詩風景，呈現的是《笠》開拓世界詩視野的一個側面，限於一年一選，以致無收羅密集譯介的詩人作品，印尼詩人安瓦（Anwar）、菲律賓詩人黎剎，保羅・艾呂雅、捷克詩人塞佛特、瑞典詩人馬庭森，俄羅斯詩人阿赫瑪托娃，智利詩人聶魯達、西班牙詩人阿貝爾蒂，愛爾蘭詩人葉慈，英國詩人D．H．勞倫斯，美國詩人桑德堡、威廉・卡洛斯・威廉斯、E．E．廉明思，哈特・克瑞因，卡爾、謝皮洛、佛洛斯特，以及諸多非洲詩人作品都未能在集中顯現，甚為遺憾。有心的探索人只能尋覓於《笠》在各圖書館的篇幅冊頁裡了。

藉著本書的出版，謹向許許多多在《笠》譯介世界詩的朋友們致敬，由於你們的努力，讓《笠》的本土性延伸、擴展到世界性，在奠基的執著加上開放的心思留下心影。本土與世界是《笠》堅持的立場和方向。有志於詩人之途的朋友們應該加深層次、擴大視野。看看世界的詩人們在不同的時代、不同的社會情況，如何綻放詩的花朵，又如何在詩之為詩的課題以詩留下證言。

風在安達魯西亞歌唱

羅卡（F.G. Lorca 1899-1936）也許是西班牙最具國民性的詩人了，他在西班牙人的心目中，就像塞萬提斯（Miguel de Cervantes Saavedra 1547~1616）——創造了唐・吉訶德的小說家一樣，受到國民的喜愛。幾乎每個西班牙人，心裡都有羅卡和塞萬提斯。羅卡和塞萬提斯的想像創造了西班牙的秉性：某種純真浪漫和夢想。

我喜歡羅卡的詩。這位只活了三十八歲歲的詩人，西班牙內戰（1936~1939）開始時，死於佛朗哥、這位獨裁者憲警的劊子手。我曾經在一本收錄五十位世界詩人的詩與解說書《遠方的信使》（台北，圓神，2010），譯讀了他的詩〈離別的說話〉：

假如我死了，讓陽台開著吧。

男孩正吃著橘子。

（從我的陽台我能看見他）
收穫者正收割著麥子。
（從我的陽台我能看見他）
假如我死了，
讓陽台開著吧！

——〈離別的談話〉

很簡單的一首詩，很深刻的一首詩。

一首動人的詩，一顆真摯的心。

從這首詩，可以看到羅卡關心孩子，也關心農民。即使自己要離開人間了，他仍然要看著孩子和農人。橘子是西班牙常見的植栽；麥子是西班牙重要的農作物。吃著橘子的孩子，呈顯著成長生命的歡愉；收割麥子的農人顯現的是人們的耕作得到報償。

我喜歡羅卡的詩，平易動人，簡單真摯。

我也從羅卡學習到許多詩人的職責：為了藝術和美，也為了愛和同情。

在我為自己的孩子寫了《螢火蟲的亮光》裡的一些童謠詩後，我也嘗試著從羅卡的詩作裡，選擇一些作品，譯給她們——當然也想寫給譯給懷有詩心的人們，他（她）們或是孩子，或是成年人。

《有橄欖樹的風景》的童謠詩，包括「夜晚的天空」、「有橄欖樹的風景」和「騎士之歌」，是我自己分輯、自己訂名的一本書。在我整理這些羅卡的詩時，彷彿聽見風在安達魯西亞歌唱，那是西班牙的南方，交織在格瑞納達（Granada），哥多華（Cordoba）和塞維爾（Sevilla）幾個西班牙城市之間廣闊風景，是羅卡燃亮他生命之光的領域。

出生於格瑞納達省一個叫做牛仔泉市鎮的羅卡，家庭富裕，一家和樂。他的童年在詩與歌、遊戲以及戲劇的文化氛圍成長，也在大自然和土地的懷抱中被孕育。愛土地，連結土地的動物、植物、農人、工人，使他生命的感覺和涵養充滿詩的質素。大自然造就羅卡這個詩人，這片土地就是安達魯西亞。

安達魯西亞（Andalucia）綿延的坡地遍植橄欖樹，在紅土壤上的綠樹木呈現出一種特殊的風景。橄欖樹的果子煉製橄欖油是西班牙人食物中重要的元素，也是歐洲人食物中不可缺少的成分。這樣的風景形塑羅卡的詩人氣質，讓他也成為西班牙風景的一部份，一種人文、藝術的風景。

對於羅卡而言，童年是他最重要的人生，也是他生命中的最大部份。快樂的童年使他把愛關注孩子；美好的大自然在他的詩中凝聚美好意象。在安達魯西亞吹著的風就像羅卡的詩在被吟唱；有橄欖樹的風景就像羅卡的詩描繪的風景。

選譯在這本童謠詩集的詩是從羅卡不同詩集尋覓的。這不是一本羅卡的原詩集，而是我在兩個女兒少小之時選譯給她們而編集的。特別注重孩子們以及仍有童心的大人們的閱讀。選譯時特殊著重在這樣的調性，希望輕易地被閱讀，也被喜愛。

三十六首詩，以「夜晚的天空」、「有橄欖樹的風景」和「騎士之歌」三輯呈現。每個分輯的詩有不同的風景。「夜晚的天空」有許多星象夜景；「有橄欖樹的風景」充滿自然色彩；「騎士之歌」有人的光影。羅卡的詩捕捉了孩子會喜歡的心意，也為有童心的成年人們描繪動人的情境。

看看這些詩，看看這些簡單的行句，你會喜歡的。

老的
星星
閉上他朦朧的眼睛。

新的

星星
想描繪夜的
蔚藍。
（山上的縱樹林裡，
螢火蟲紛飛）

——〈在天空的一角〉

夜晚，你　頭看看天空，看看星星。有些朦朧，有些光亮。你會想到她們也有老幼嗎？

詩人的想像把宇宙人間化，充滿趣味性。

原野
種了橄欖樹
開啟和摺疊
像一把扇子。
……

橄欖樹
在搖晃中
嘶嘶叫。
一群被俘的鳥
在幽暗中
移動牠們長長的尾巴

——〈風景〉

把橄欖樹想像成一把扇子。當風在安達魯西亞歌唱時，橄欖樹也搖晃出聲音，晃動的樹影成為被俘的鳥群長長的尾巴在移動。詩人讓橄欖樹成了扇子、成了鳥。風景既有形象也有聲音。

哥多華。
遙遠……又孤單，

黑色牝馬，大大月亮，

橄欖油在我馬鞍的袋子。
雖然我或許知道路
我也到不了哥多華。

穿越平原，穿越風，
黑色牝馬，紅紅月亮，
從哥多華的塔樓
死神注視著我。

啊路程多麼遙遠！
啊我勇敢的牝馬！
啊我還沒有到達哥多華之前
死神早已等著我！

哥多華。
遙遠……又孤單。

——〈騎士之歌〉

騎著牝馬要奔向哥多華，橫越安達魯西亞。穿越風的歷程，夜晚的歷程，遙遠又孤單的行程。騎士的故事，動人的歌，洋溢著浪漫的風情，描述著勇敢的追尋，彷彿比喻羅卡自己的人生。

只活了三十八歲的羅卡，以詩與歌與戲劇，為自己短暫的生命印記燦爛的未來。他愛西班牙，也愛世界；他愛猶太人，也愛吉普賽人，關心黑人。他愛成年人，更愛孩子。他不是政治狂熱分子，卻死於政治災難。

風在安達魯西亞歌唱。羅卡的詩印記、吟詠在安達魯西亞；更印記吟詠在西班牙，在世界許許多多對於善美的純真有夢想的人們心裡。

在孩子心中播下詩的種子

二〇一二年，我把兩個女兒小時候，我寫給她們，譯給她們的詩，交由春暉出版《螢火蟲的亮光》和《有橄欖樹的風景》兩本童謠詩集。這是繼二〇〇一年，在方智出版日本傳奇女詩人金子美鈴的童謠詩集《星星和蒲公英》之後，再度成為兒童和有童心的人們出版詩集。

《星星和蒲公英》採繪本形式，由朱美靜繪圖，被著名西條八十譽為「年輕的童謠詩人彗星」，金子美鈴的人生只活了二十七歲（1903~1930），她在一九二〇年代中期，也就是二十之齡，發表了許多膾炙人口的童謠詩，但不幸早逝。我曾以〈像花的靈魂一般的童謠詩〉寫她。

積　雪

金子美鈴　作／李敏勇　譯

上面的雪
一定覺得冷。
輕盈地依偎著冰冷的月光。

底部的雪
一定覺得沉重。
負荷千百人的重量。

中間的雪
一定覺得孤單
它既看不見天也看不見地

我曾經在一些親子讀詩的活動，為帶著孩子的母親讀這首詩，也把譯介在《星星和蒲公英》裡，金子美鈴的一些詩，介紹給愛詩人，從聆聽和閱讀，都得到感動。詩並不一定艱澀、難懂。不一定像臺灣一樣，成為某種秘教，只在詩人之間傳頌。

有一部日本偶像劇，女星松隆子演金子美鈴的人生，可以想像銷售百萬冊童謠詩集的金子美鈴，死後隔了半世紀再度被喜愛的文化風景。她有故鄉山口縣長門市的「金子美鈴紀念館」和「美鈴館」都彰顯她人生的亮光。

《螢火蟲的亮光》一部份詩原發表於為小學生閱讀的《智慧月刊》，當時以「一位父親寫給女兒的童謠詩」為輯名，其他則在自立早報的「早之頌」發表。結集出版時，兩個小女兒都已長大成人，一個並已為人母。這些詩曾伴隨著她們成長的人生。詩有什麼用？應該是心的涵養吧！

《螢火蟲的亮光》包括「自然學校、「大地之書」和「生日禮物」三輯，把自然當做一所學校，延伸一些人生意味。採取仿繪本製作的這本書，封面和分輯圖案是畫家高永滄的作品，詩的彩色襯底是我的攝影：臺灣風景。

《有橄欖樹的風景》在一九九〇年代發表於民眾日報副刊，這是西班牙詩人羅卡（F.C.Lorca, 1899~1936）詩作，並非一本詩集中的作品，是我覺得適合孩子閱讀，以童謠詩之名選譯。集中包括「夜晚的天空」、「有橄欖樹的風景」和「騎士之歌」三輯，也採仿繪本製作，封面圖案是高永滄的作品，分輯圖案和詩的襯底，是我的攝影：西班牙風景。

我並未參加臺灣的「兒童詩」為名的詩人活動。《螢火蟲的亮光》和《有橄欖樹的風景》這些詩就像出版的書冊扉頁所說，是「一個詩人在女兒少小之時，寫給她們和譯給的詩」。抱著想要自己小兒讀到這些詩的心情，我寫了譯了一些相對於自己一般詩作的特為要孩子閱讀或為了童心的人們閱讀的詩。

二〇〇〇年，我應圓神出版機構之邀擔任社長時，我曾有過的請臺灣的詩人、小說家為兒童寫書的構想，在那兩年任期，這個構想並為實現，只有小說家鄭清文後來在他的童話書出版時，提到我曾約請他參與這個構想的實現。每個作家都應該至少為孩子們寫一本書，這曾是我的夢。

《螢火蟲的亮光》和《有橄欖樹的風景》出版後，我在人本教育基金會安排下，利用暑假在臺北、新竹、臺中、高雄的人本媽媽教室，和媽媽們與孩子們一起讀詩，有些是父母帶著孩子。我看到孩子們在詩的環境裡有一種閱讀的興味，父母也一樣。

後來，我在一些朋友的贊助下，推動到小學和老師小學學生一起讀詩的活動。我先寫信給屏東、高雄、臺南、雲林、嘉義、宜蘭的縣市長，告知這樣的構想，並贈送這些縣市每所小學這兩冊童謠詩集。大約九月開學後，在相關縣市教育局安排下，到學校去。一個縣市走訪一所小學，學校則安排五、六年級學童或四年級以上學童出席。我為老師和孩子們朗讀、解說。

這些活動，相關縣市都有縣市長或副縣市長出席的贈書儀式，地方新聞媒體也都積極報導，活動場合也安排了代表受贈學校學童的朗讀或其他藝文表演。在屏東縣的公館國小、高雄市的加昌國小、臺南縣的光復國小、雲林縣的斗南國小、嘉義縣的安東國小，總計送給六縣市一九七四所小學，每校一套兩冊，共三九四八本童謠詩集。

在屏東，我特別請縣政府安排我就讀的小學作為贈送活動學校。重回童年現場，雖然學校已改變許多，仍然有一種特別的意味，在臺南贈書一起讀詩活動之後，教育局還另特別舉辦國小教師閱讀教學研討會，安排我出席為《螢火蟲的亮光》和《有橄欖樹的風景》兩本書與臺南的各國小教師交流閱讀教學。

一些朋友知道這些活動，想參予支持。我在臺北市南海扶輪社演講，兩位社友又分別贊助五萬元。我寫信給新竹市、澎湖縣、嘉義市、臺東縣、花蓮縣、基隆市教育局長，告知贈書計畫，請代為發送。除了花蓮縣、基隆市未配合，有回函的縣市，合計贈送38+40+28+91所小學，共一九七所小學，三九四本書。總計二一七一所小學，《螢火蟲的亮光》和《有橄欖樹的風景》四五四二冊書進了相關縣市的小學。

詩應該被閱讀，而不只是自我取樂。詩應該從小就閱讀，有童心的人們能夠保持讀詩的習慣。我記得，當我在相關縣市的小學，和老師、孩子們一起讀詩時，他們那種好奇專注的表情，多麼動人。當我在朗讀我為女兒寫的詩時，當我在朗讀我為女兒譯的詩，孩子們那種專注聆聽的表情，依然在我的眼裡。

早安

李敏勇 作

早安
臺灣的孩子們

你們的誕生
是為了一個新的時代
是為了一個綠色國度

光照在你們臉上
希望的步履
踏在島嶼土地

——童話詩集《螢火蟲的亮光》

在天空的一角

羅卡 作／李敏勇 譯

老的
星星
閉上他朦朧的眼睛。
新的
星星
想描繪夜的
蔚藍
（山上的縱樹林裡，
螢火蟲紛飛）

—童話詩集《有橄欖樹的風景》

讓孩子讀詩，讓童心保持在人們成長的人生。讓詩被閱讀，讓語字在人們心中不斷紀錄，描繪，以及思考。在孩子心中播下詩的種子，讓詩的種子成長成樹，開出花，結出果，繁茂成詩的森林與花園。這樣的夢在我的腦海裡築成一個秘密的領域。

探尋詩的世界，梭巡世界的詩

繼「詩的禮物」系列《聽，臺灣在吟唱》《聽，世界在吟唱》這兩本分別引介十位臺灣詩人、十位世界詩人的詩的解說、導讀書，以「詩的二十堂課」為系列的《詩的世界》和《世界的詩》，要在圓神出版。作為詩的信使，我這樣孜孜不倦地在作品與讀者，在臺灣與世界之間穿梭，已然形成了一些腳印、一些足跡。

在圓神文叢的系列，從早期的《旅途》《情念》《憧憬》，我以臺灣、日本、韓國的兩百四十首詩，從「人生」「經驗」「路程」「生活」；到「思慕」「愛情」「親情」「連帶」；以至「信念」「禮讚」「意志」「希望」，將新東亞的詩人們作品交織詩的人生和心靈地圖，已是一九八〇年代的事。

二〇〇七年，《經由一顆溫柔心》再度以臺灣、日本、韓國詩散步，譯介三個密切相關國家六十位詩人的六十首詩，並加解說隨筆，觸探新東亞的心。二〇〇八年，《在寂靜的邊緣歌唱》則呈以六十位世界不同國度的女性詩人作品，呈現世界女性詩風景，以一首詩一幅女性風景，一首詩一個女性世界，與閱讀者對話。

二〇一〇年，《遠方的信使：世界啊，你在詩人的心裡》譯介了不同國度五十位男性詩人與女性詩人的五十首詩。漫步在世界詩篇的小路，探觸遠方詩人的信息，我並以「願為一個信使，為你朗讀」在臺北、臺中、臺南、高雄、屏東、臺東的誠品書店，與各地的閱讀者會面。那時際，一本有關我的詩人傳記《詩的信使》（蔡佩君著，典藏藝術家庭）已出版，似乎回應了我的動向。《海角，天涯，臺灣》這本心境旅行、詩情散步，也引述、譯介許多世界詩歌，綿延著我的信使腳印和行跡。

在這些系列書冊之後，《是春天為我們開門的時候了》是我以自己的五十首詩為文本的解說，呈顯一個臺灣詩人—心的祕密，是我一九六〇年代末期到一九九〇年代的詩告白。即使不論及我在其他出版社的選編譯讀詩書，作為詩的信使，這樣的墾拓應該已留在許多有心的閱讀者心裡。

「詩的二十堂課」是我在《人本教育札記》連續刊載二十期的作品。因為這些年來，多次在人本教育文化基金會安排下，在臺北、新竹、臺中、高雄的人本親子教室與許多想要讀詩的孩子與父母一起閱讀，我感受到詩可以被閱讀、可以被喜愛，應該更擴大分享。我寫給孩子的童謠詩集《螢火蟲的亮光》，我譯給孩子的西班牙詩人羅卡（F. G. Lorca, 1898-1936）的童謠詩集《有橄欖樹的風景》，都在人本親子教室與許多孩子與父母分享。前述的

《聽，臺灣在吟唱》和《聽，世界在吟唱》，出版之前，也都在《人本教育札記》以「詩的禮物」系列，分二十期發表。

就在二〇一五年九月到十二月間，位於北臺灣的小小書房邀請我開系列世界詩分享課程，我以幾年前在基督長老教會東門教會社區大學「東門學苑」講述「當代世界詩歌」「當代臺灣詩歌」中的世界部分，以「世界詩十五堂課」與大約二十位愛詩人，在十五個週六上午十時到十二時，一起梭巡世界與詩—在書香與咖啡香交織的氛圍中，我能感覺到詩可以與許多人對話、相晤，行句的祕密會在人們心中開啟。

「詩的二十堂課」前十堂課是《詩的世界》，後十堂課是《世界的詩》，以詩說詩，以詩說世界。與其說是詩的教室，不如說是人生的教室；與其說是詩與人生的教室，不如說是詩與人生的風景與地圖。日本作家芥川龍之介曾說：「人生不如波特萊爾一行詩。」德國哲學家海德格（M. Heidegger, 1889-1976）也有「語言是存在的住所」的說法：世界在語言裡，在一首一首詩裡。「詩的二十堂課」分輯的《詩的世界》和《世界的詩》，在某種意義上是這樣的探索和梭巡。

《詩的世界》以詩喻詩，以詩說詩：

- 使思想像薔薇一樣芬芳
- 一首詩如何形成？

• 詩是為了什麼？
• 詩人是
• 詩人，在創作時
• 也許一首詩的重量
• 聽聽詩的聲音
• 看看詩的圖像
• 想想詩的意義
• 詩是一個國家的靈魂

《世界的詩》以詩說世界，以詩描繪不同國度的心靈風景：

• 新東亞的心
• 南亞，後殖民內面風景
• 中東，交織著美麗的鳴唱與感傷的嗚咽
• 非洲，在黑色熾熱大地綻放豔紅之花
• 在歐洲東南邊緣的吟詠和歌唱
• 東歐，在火熱的叫喊和水深的呻吟綻放自由之光

- 歐洲：世界之心的光，文明之核的心
- 動盪俄羅斯，冰封的靈魂；變色中國，血染的黃土地
- 聽，美利堅在歌唱；加拿大、澳洲、紐西蘭迴盪著歌聲
- 拉丁美洲解放的心：在劍與十字架的土地綻放自由之花

從《詩的世界》到《世界的詩》，「詩的二十堂課」對於未曾接觸新詩歌或現當代詩歌的人，以及已接觸新詩歌或現當代詩歌的人，都會有新的體認和視野。特別對於囿於古典詩歌典律形式，對自由詩形式不習慣面對，或因為面對一些新詩歌或現當代詩歌有違和感的人們，「詩的二十堂課」會帶來新的體認。

詩、新詩歌、現當代詩歌，並非那麼難以接近、難以理解、難以感動。不同的語言和國度，進入擺脫格律的自由詩型，已有超過一百年以上的歷史。就如同人們的生活工具都已經改變，詩歌在形式上也因應時代的變化，以及生活步調、生命情境的改變而不斷產生新樣態，不論是意志或感情的表現、傳達都有新的脈動。

讀讀《詩的世界》的十個篇章，你就會認識詩是什麼？以及詩的為何？如何？關於形式或內容，以及詩人當他在創作時的種種課題。詩常被說是一個民族的靈魂、一個民族的心的聲音，是為什麼？而《世界的詩》的十個篇章則環繞這個地球，從東亞出發，南亞、中東、

非洲、歐洲東南西北、俄羅斯、中國、美國與加拿大、澳洲、紐西蘭等脫離大英帝國獨立的新美洲或大洋洲國家，到拉丁美洲諸國，既接觸近現代歷史，也逡巡詩歌的動向。

若說《詩的世界》是一本詩的辭典，《世界的詩》則是詩的世界地圖，各自提供不一樣的閱讀興味，合而讀之，對閱讀者生命感覺和涵養的豐富和充實，極有助益。這兩本書不是想提供給研究者，而是獻給想閱讀詩歌，並將詩的教養當作人生教養的人們。願這樣的心意能夠隨這兩本書傳達給你，傳達給妳，並在你與妳之間相互傳達。願我持續不輟以詩的信使引介的詩書，能在人們的心靈留下心影。

附錄

願為詩的信使

——我的追尋之路

有一期《笠詩刊》我翻譯了三十三首捷克詩人的詩，那些詩主要呈現當時東歐人民受到高度政治壓迫的情形，如何以詩來表達那種見證，這對我產生非常大的影響，發覺詩原來是具有多種可能性的東西。詩比起小說和其他文類，更能夠去保留見證的秘密，詩有詩的秘密，小說有小說的秘密，文學都有它們本身的秘密。但詩的秘密會比小說或其他文類的秘密隱藏更深層的東西，這也就是東歐在共黨統治期間，能留下一些被統治的紀錄，又保留很大的文學價值，見證歷史秘密的詩作原因。

一、序曲

李瑞騰（以下簡稱「瑞」）：

李敏勇先生在臺灣文壇上，到目前為止一共出版四十幾本書。他是一位詩人、評論家，也是一位對社會長期開心的讀書人。我參加文壇時間上比較晚，李敏勇先生大概不會想到，我在高中時就知道李先生當時在中興大學參與詩歌活動的情況；那時他用的筆名是傅敏，現在已經沒有在用了。他一生在文學上耕耘，對於詩歌、文學的推廣，可能是基於一種沒有辦法說明的理想。文學對他來說已經是一種志業，他在二〇〇七年曾榮獲最重要的「國家文藝獎」。當然不只「國家文藝獎」，包括「吳濁流文學獎」等等得非常多獎。他也是一位專致於文學的人，幾乎看不到有什麼糾紛與負面的事情，我們看到的都是他關於詩歌方面非常正面的訊息。他是一位非常令人敬佩的文學愛好者、文學工作者與文學思考者。今天很榮幸能邀請他來臺南和大家一起分享，讓我們以熱烈掌聲歡迎李敏勇先生。

二、詩的志業與人生旅程

李敏勇（以下簡稱「李」）：

多謝館長的介紹。

臺灣現在很有語言的焦慮，對我來說，用通行台語比通行華語更加習慣，希望有一天，通行台語、通行客語以及通行華語都能夠讓大家習慣使用。

今天很高興到臺南臺灣文學館來，以「願為詩的信使」為題，來談談我的追尋之路。去年大概較此時早些，我曾為一本書《遠方的信使》介紹世界各國五十位詩人的詩，在全臺七家誠品書店演講，也來到臺南。

與我同時代有許多人寫詩，有不少詩人後來成為學者。像李瑞騰館長年輕時也曾寫詩，而後來學者的身份比詩人身份更重。在臺灣，寫詩並不那麼受到社會期待與注目。我今天要談談四十幾年來的路，我是怎樣走過來的。我是一邊跌倒、一邊發現，這樣一步一步慢慢走過來的。

我的第一本書是詩與散文的合集，一九六九年出版的《雲的語言》，那時我二十二歲。在座有不少年輕朋友，那時應該尚未出世。但我自己覺得真正寫出一首詩，是在這本詩集出版之後，有一首叫做〈遺物〉的作品。這種感覺很特別，我不知道有在寫詩的朋友是否也有這種經驗，當然每個人的經驗都不太相同，裡頭有不少青春感情的過敏，也許是戀愛，也許是心情的感受。我覺得詩的形式，很能夠明確記錄這種心情。開始時並沒有想太多，只覺得詩是一種感情在語言的寄託，它可以做為一種證據。〈遺物〉這首詩和我個人的經驗沒有什麼關聯，我是以一位女性的角度來發言，寫一位丈夫戰死的婦人，收到被寄回來的遺物手絹。

在臺灣，我們都知道很多詩集的單行本出版後，通常很難得再版，因為新的單行本會接著出版。所以，我的第一本詩集以及一九七〇年代和一九八〇年代的四本詩集，後來又合集成一冊詩集《青春腐蝕畫》。我在寫下〈遺物〉之後，在一九七〇年代前期，寫下了不少反戰的作品。在我年輕時發生越戰，在越南的美軍經常來臺灣度假，在高雄七賢路、臺中五權路和臺北中山北路都是有名的酒吧街，經常可以看見美軍的形蹤。我高中之後，就從高雄來到臺中，當兵也在臺中。越戰當時，臺中清泉崗基地是美軍B52轟炸機的重要中繼站，每當聽見B52轟炸機隆隆的聲音，就會覺得一種戰爭的沈重壓力。當時全球風起雲湧的學生運動剛過不久，在一九六〇年代末期，正是所謂戰後嬰兒潮出生的人進入大學讀書的時期。當時臺灣正處於冷戰的氛圍之下，站在美國反共前線的位置，時時感受到戰爭的氣氛。〈遺物〉之後，我將個人的感情投入詩中，慢慢地我開始創作反戰時，站在政治的角度，戰爭時人可以殺死其他人；而站在文化的角度，世界上任何人都不能殺死另外一個人。這是文化和政治相當不同之處。

一九七〇年代我有兩本詩集，其中《鎮魂歌》就是反戰的詩集；一九七〇年代後半期，我的詩集《野生思考》，由反戰進入政治批評，裡頭寫到監獄裡的政治犯以及政治上對異議份子的壓迫。所謂「野生思考」就是反對政治霸權的思考，政治體制喜歡規定人們如何思考、喜歡馴化人們，就像野生的雞與肉雞明顯不同，《野生思考》中我寫到一位政治犯在監獄裡，打開窗戶讓陽光照進來，歌德在臨死前，也曾寫過類似的詩句。

作為一位戰後世代，在一九七〇年代，我由學校進入社會，那個時候當過老師、新聞記者，後來擔任廣告公司撰文的工作。在我要去廣告公司報到之前，分別有兩位文學前輩朋友不同時間來臺中找過我，一位是王拓，另一位是黃春明。黃春明告訴我，他要離開一家廣告公司，我跟他說我要去的那家廣告公司正好是他要離開那家公司。有不少作家曾經在廣告公司上過班，像是不久後要來「府城講壇」演講的廖輝英，曾經與我同事過，另外像電影導演小說家張毅，也曾是同事。在臺灣，不管是寫詩或寫小說的人，通常必須找一份工作糊口，有些去拿學位當教授，很多學者年輕時都寫過詩或者小說，留下文學的紀錄。裡頭很多人在踏入社會之後，只保留閱讀的習慣，甚至於連閱讀都放棄的也有。

我那時就想要以詩人的角色做我人生的志業。

我在廣告公司工作時，開始有了社會基礎，而在那時主編《笠詩刊》；好幾次我想為《笠詩刊》做一些變革，於是我希望可以介入而答應接手編務。一九七〇年代末期到一九八〇年代，我有好幾個階段主編《笠詩刊》。在我編這份刊物的階段，無論封面、專題企畫或內部活動，都能看出我的想法：詩是什麼？透過個人寫作和刊物編輯去實踐，將我的想法傳達給大家。

這就是一面走、一面跌倒，又一面發現、一面想，我所經歷的文學路程。我的人生歷程可分為三條路：一條是文學之路、一條職場之路，另外一條是參與社會運動之路。其中職場之路，是我賴以為生，決定不靠文學謀生所選擇的路。

三、從他國詩人得到啟示

一九七〇年代我從兩位法國作家的想法裡得到啟示。一位是作家紀德，他說：「如果政治或社會的力量叫我不能寫什麼，那麼我會自殺。」我覺得他很有勇氣和自己的想法，他珍惜與重視寫作是一種特殊的價值，希望能夠自由的寫作，不受到任何拘束。另外一位是詩人梵樂希，他說：「若有一種力量叫我一定要寫什麼，那麼我會自殺。」這兩位法國作家非常有趣，一位是若叫他不能寫什麼時他要自殺，另外一位是若叫他一定要寫什麼時他要自殺。文學若要真正有社會地位，可能必須像他們兩位一樣，把信念堅持落實在作品裡，才有這種可能。他們給了我很大的啟示。

一九七〇年代臺灣的政治、社會方面正面臨轉變，像是「鄉土文學論戰」、像是民主化運動之後慢慢推動的政治改革。這股社會運動，正好在我三十多歲時興起；另一方面，高度消費化社會也逐漸形成。我的人生，從屏東、高雄、臺中、臺北這樣一路走來，正好經歷戰後臺灣農村漸漸蕭條，而都市慢慢形成，農業逐漸被工業取代的社會條件；再由戰後世代一路來到新人類的時代，對他們來說，無法像我們小時候一樣經歷農村生活，不曾看過牛、雞、豬、鴨長什麼樣子，只吃過牠們的肉。

我從英國詩人奧登的想法裡，看到社會快速變遷的課題性。奧登有一個未曾實現的夢想，他說若有筆錢讓他成立基金會，他要成立一所詩人學校。這所詩人學校招收的學生一定要是農村出生或至少要有在農村生活的經驗，他認為在都市出生、缺乏農村經驗的孩子是不幸的。他說農村的孩子在識字前，就能夠透過自然生態來認識花啦、牛啦這些動物或植物，而都市的孩子只能透過書本來認識這些東西。很多都市的小孩去到鄉下，無法分辨草和稻禾。他說在詩人學校裡會教學生物理、化學、地理、歷史、航海，但不會教他們如何寫詩。他認為詩是生命的感覺和涵養，不是在課堂上可以教出來的，但會有許多課程讓他們讀詩，讀人類歷史上留下來優秀的詩篇，很可惜奧登終究沒有實現他的夢想。

四、本土意識的起源

前面曾提到，在一九七〇年代我有幾次編輯《笠詩刊》的經驗，這裡面有我與臺灣跨越語言一代的相處經驗，而受到他們啟發。臺灣是一個有特殊歷史構造的國度，近代臺灣曾經被日本殖民統治五十年，奠定新文學的基石。二次大戰之後，臺灣在中國體制裡面，因通行中文來到臺灣，由中國傳進來的新文學，也成為臺灣新文學的基石，這就是前輩詩人陳千武所說臺灣文學兩個球根的想法。戒嚴體制最高度的宰制是在一九五〇年代，在我開始寫作的一九六〇年代，戒嚴體制比較不那麼周密，由於臺灣經濟的發展以及站在美國冷戰結構的前線，不得不在民主化的浪潮中去釋放某種自由的條件，在一九六〇年代中期，臺灣慢慢地感覺到鬆綁。戰前出生用日本語創作的作家慢慢起來，自一九四五年至一九六五年經過大約二十年對新語文的學習、模索，對於已經習慣某種語言的人，要重新學習另一種語言，剛開始並不那麼順利。而經過二十年後，他們漸漸恢復寫作生機。當我跟這些作家接觸後，我慢慢地具有本土意識。所以在性格上，我可以說是一位本土意識非常強烈的詩人，而我的政治體現與文化體現也來自那裡。

現在回想起來，我除了是一位本土色彩濃厚的創作者外，同時也受到世界詩強烈的影響。戰前用日本語寫作的作家，他們現代文學的素養來自於日本與歐洲文學的影響。事實上，一九七〇年代我一面措索、一面成長，一九七一年對我來說是相當關鍵的一年，那時我開始把喜歡的外國詩歌翻譯出來。在一九七二年，有一期《笠詩刊》我翻譯了三十三首捷克詩人的詩，那些詩主要呈現當時東歐，特別是捷克人民受到高度政治壓迫的情形，如何以詩來表達那種見證，這對我產生非常大的影響，發覺詩原來是具有多種可能性的東西。詩比起小說和其他文類，更能夠去保留見證的秘密，詩有詩的秘密，小說有小說的秘密，文學都有它們本身的秘密。但詩的秘密會比小說或其他文類的秘密隱藏更深層的東西，這也就是東歐在共黨統治期間，能留下一些被統治的紀錄，又保留很大的文學價值，見證歷史秘密的詩作原因。我們知道，暗喻在詩裡頭是很重要的東西，暗喻不只有文學的價值，同時又有見證政治現實的價值。那時候我手頭上有一本詩集，裡頭有三位捷克詩人的詩作，一位是後來於一九八四年得到「諾貝爾文學獎」的塞佛特，一位是已過世有名的病理學家與詩人賀洛布，臺灣曾經有雜誌以科學家的角度來介紹他，還有一位是巴茲謝克，他是在布拉格歷史博物館裡頭任職，他寫過許多詩，他的詩給了我相當大的啟蒙。

我的本土意識的來源，就是來自於跨越語言一代的詩人。我二十幾歲時就認識，楊逵、吳濁流、巫永福這些前輩作家，難怪那時我就讓人覺得不那麼年輕的感覺，好像我從來沒有很年輕的活潑過。當時我有很多寫詩的朋友，當然每個人都有各自的際遇，而這些前輩詩人被嘲笑使用不熟悉的通行中文寫作。戰後有很長一段時間，不像現在有很多台語文的版本來寫作，事實上當時所有發表的園地都是通行中文，有一點類似日本殖民統治時期的情形；當時並不是兩個根球同時並行，而是由日本語跨越到通行中文。那些跨越語言一代所寫的東西，往往他們的意思並非文字表面所呈現的意思。用同情的眼光去觀看，才能夠理解戰前用日本語寫作的作家，他們在特殊歷史構造之下的情形。若非如此，就會產生一些中文很好的人，說他們的中文程度較差。我在一九七〇年代曾說過，正因為他們中文的能力欠佳，所以他們更珍惜文字的使用，不會把黑的說成白的胡言亂語一通。在臺灣，通行中文因為政治上特殊的權力，常常揮霍或者說欺瞞性很強，但這些中文程度不佳的詩人卻格外珍惜使用。詩人錦連說過這種情形就像蜘蛛吐絲般，所有的詩都是由詩人體內吐出如絲般的心血結晶。

五、詩人必須拯救語言

在臺灣，有時候我想所謂拯救語言，不單指語言裡的修辭。曾經有人說過詩人有一項重大的任務就在於拯救語言，當然語言有它藝術的高度、文學的高度、造型，但很重要的一點是語言的使用經常隱藏一種欺罔性，詩人應該拯救語言裡頭政治污染或不乾淨，因有時候語言就像空頭支票一樣。

波蘭詩人米洛茲是一位對我影響相當大的詩人。他曾經批評三種詩人：一種是官方謊言的共謀，也就是當官方謊話連篇時，他還用詩替官方鼓掌；另外一種是醉鬼狂歌，是詩寫出來像是喝醉酒的人在胡言亂語；第三種他說對年輕女性比較失禮，意即像是大二女學生的讀物，意思是很膚淺。以上三種詩人所寫的詩，米洛茲認為是不好的。

拯救語言有兩個層次，一個是語言本質的層次，也就是語言本身有它的符號性、工具性、方法性、精神性。在精神性裡面，有些語言會被破壞，比如說商業廣告，像是建商廣告說房子離高鐵臺南站大約五分鐘，結果你坐計程車要花三十五分鐘，這就是商業廣告的特性。語言和貨幣的性質有些一樣，人有兩種財產：一種是文化財產，像是語言所累積出來的意義；另外一種是物質財產，不論動產、銀行的存款，也就是可用數字計出來的財產。物質的財產只要拿出一分就少一分，而文化的財產、意義的財產，並不會因為你說出一句「我愛」而少掉一分一毫。拯救語言的另一個層次，就是現在所說的語言問題。這兩個層次要同時兼顧，不只是說現在通行台灣話在我們的環境中受到壓迫、不公平待遇，另一個我比較重視的是像外國詩人所說的用詩去拯救語言。

一九七〇年代我在廣告公司期間，仍然不停創作，一九八〇年代，我的詩集是《戒嚴風景》。我在一九六九年出版《雲的語言》，經過七〇年代、八〇年代，這二十年間我自己定位為詩的前期，也就是收入《青春腐蝕畫》裡的四本詩集創作的時期。

一九八七年對我來說有著人生關鍵性的變化，一方面是我四十歲，我在事業場所裡稍有基礎。那年我到美國臺灣人社團巡迴一個月，唸我的詩、說我的想法給他們聽。我記得由洛杉磯要前往聖地牙哥的前一晚，正好傳來蔣經國在臺灣宣布解除戒嚴的消息。我在美國聽到這個消息，覺得臺灣在政治上有一種變動的感覺。其實，到了八〇年代，戒嚴體制已經不那麼明顯，不過其法律條件仍然存在，如果違反那法律條件，還是會受到懲罰。那時聽到這個消息，第二天沿著太平洋一號公路前往聖地牙哥的途中，我想起知名的礦坑畫家洪瑞麟，他晚年在美國過世，聽說他常在黃昏時到海邊畫圖，看到太陽緩緩落下，當時也許他心裡想太陽落下的另一頭是臺灣。不少臺灣的老人像洪瑞麟一樣，因為孩子的緣故移民美國，最後在那裡終老。

另外，我也想起米洛茲在柏克萊寫的一首短詩〈禮物〉──如果有一天他的祖國波蘭獲得自由，那就是最大的禮物：

如此幸福的一天。
霧一早就散了，我在花園裏做活。
蜂鳥停在忍冬花上。
這世上沒有一樣東西我想擁有。
我知道沒有一個人值得我羨慕。
我曾遭受的任何惡禍，我都忘了。
認為我曾是同樣的人並不使我難為情。
而我身上我沒感到痛苦。
當挺起身來，我看見藍色的海和帆。

這首詩在我心中，我將它解釋成那個禮物就是自由。

有一位波蘭導演奇士勞斯基的電影代表作《三色》系列：藍色、白色，紅色，運用法國大革命象徵自由、平等、博愛的紅、藍、白三原色去拍成三部電影。其中，藍色象徵自由，與米洛茲詩裡藍色的海所象徵的可說異曲同工。我極為欣賞米洛茲，戰後他由波蘭前去美國，將美國詩翻譯成波蘭文，也將波蘭詩翻譯成英文。他的詩充滿信念，那個信念就是文明的價值，我認為他是一位相當獨特的詩人，他的作品對文明的堅持令人動容。詩裡不只寫個人的愛恨悲歡，他的詩最美的地方在於崇尚自由、相信文明的價值、相信真理會消滅不對的事物；我很喜歡他的詩，也因此受到他的詩的精神啟發。他在詩裡說用大寫字母寫公理與正義，用小寫字母寫謊言與壓迫；他說敵人是絕望、朋友是希望；他說陽光底下每一種事物都是新鮮的；他說美與青春是哲理和詩。一九八〇年代末期隨著東歐民主化浪潮，波蘭重獲自由，米洛茲回到他的祖國生活。他是一位詩裡充滿希望、理想與正義色彩的詩人，沒有自怨自艾，讓我感到文明批評的重要性，米洛茲扮演了比政治家、哲學家更重要的角色。

米洛茲所使用的波蘭文，是多數波蘭人的母語。在臺灣的台語文，在特殊的歷史構造中有它的複雜性，每個人的母語不同，而通行台語也就是福台語，是最多人使用的台語文，但通行中文成為最多數人使用的語文。臺灣的閩南人、客家人、原住民，如果去美國會面臨到難以像波蘭人一樣使用母語的情形，所以我們的感受和波蘭人不同，我們的解釋也不同。有人說詩人很難用第二種語言寫詩，但可以用第二種語言寫散文。像是有名的猶太詩人布洛斯基，在蘇聯時期流亡到美國，他就曾用英文寫散文，但是不曾用英文寫詩。

米洛茲喜愛波蘭文，不過他也反思波蘭文，他用波蘭文寫一首〈忠實的母語〉，裡頭說到使用母語能夠讓故鄉的事物存留在腦海裡。在共黨統治時代，那些在政治告密者往往是使用波蘭文的波蘭人，臺灣也一樣，語言被嚴重破壞，所以詩人拯救語言，不只是拯救語言裡頭的修辭性，而是拯救語言裡頭本質性的東西，因此可以說母語裡頭包含著不同的層次。

六、詩的寫作與翻譯

自一九八七到二〇〇七這二十年間，我有許多朋友說你麼做那麼多事情？一九八七年之後，雖然我還在公司上班，但也立下文化的志向。在台灣筆會會長之後，我曾擔任好幾個基金會的董事長，參與一些社會運動。之前有段時間，為了家庭我必須努力工作，但到了某個職位之後，我告訴自己要認真寫作。我這二十年間認真寫詩、翻譯詩、解釋詩，寫文化評論、政治評論。根據去年別人為我寫的傳記《詩的信使》裡頭統計，到目前為止我一共出版六十本書，而一九八七年之前只出了六本，這幾年我平均一年出版四本書，詩集部分我希望每十年能有兩本的份量，每當新詩集出版後，我會將兩到三本舊詩集編為一本合集。《青春腐蝕畫》之後，一九九〇年代到二〇〇〇年代前期，我的詩合集為《島嶼奏鳴曲》，裡頭收錄《傾斜的島》和《心的奏鳴曲》這兩本詩集的作品。《傾斜的島》和《心的奏鳴曲》在解嚴以後出版，不少人都覺得這兩本詩集不像從前的詩集那樣呈現緊張的氛圍。到了九〇年代，我的詩慢慢呈現和從前那些反戰、政治詩不同的風景。我在《傾斜的島》的後期寫一首叫做〈想像〉的詩，這首詩就相當抒情。

說到我的詩，許多朋友都認為政治批評相當多，但奇怪的是，我的政治批評裡頭往往包含著抒情性，將抒情性溶入政治詩裡頭，是我營造氛圍的一種原理。有時候政治詩和政治環境，使得我們的詩變得很焦燥，讓我們的抒情性被遮蓋住，所以我想將抒情性和政治批評融合在一起。也就在這個時候，我的詩慢慢與歌產生關聯。

我所寫的詩，包含單行本與合集，數量大約只佔所有出版品的四分之一至五分之一而已。我有另一條路線是看看同時代的外國人，他們的詩在傳達什麼？大約自七〇年代後期，主要是八〇年代後期到九〇年代以後，我每年平均翻譯一本當代外國詩集，再以隨筆方式寫下我的看法，這可以說是我讀詩的功課。我發現臺灣翻譯戰後或當代的外國詩數量不多，我並非要當一位翻譯家，而是將讀詩的感想與大家分享。像是去年出版的《遠方的信使》，我翻譯五十首詩，然後附上五十篇解讀文章，我覺得那五十位詩人就像是來自遠方的信使，他們是詩的信使，把詩帶來臺灣。我也曾經翻譯世界上六十位女性詩人的作品，集為《在寂靜的邊緣歌唱—世界女性詩風景》，讓大家看看外國女詩人的作品有哪些特色。我透過學習與分享，嘗試當一位詩的信使，將這些外國詩引介給那些也許未讀過詩、或者正要開始接觸詩的讀者。我希望能因此讓許多人慢慢變得喜愛讀詩。

詩裡頭有一種有意義的東西，那種東西具有重量、良善與美。有位日本詩人說好的詩包含美的感受、善的意識、真的追求，明確的生之目的與希望。我希望和米洛茲相同，詩裡頭能擁有這些東西。

七、歌詞創作的機緣

後來我有些機會與作曲家合作，將我的詩譜成歌。第一個和我合作的對象是李泰祥，一九八〇年代，我譯寫的韓國詩人申瞳集時〈有一個人〉在滾石唱片出版，那首歌是齊豫演唱的。接下來與蕭泰然多次合作，有九首歌，關於二二八的〈愛佮希望〉、有規模較為龐大的交響詩〈福爾摩沙—為殉難者的鎮魂歌〉，大約二十多分鐘的四部大合唱。我也曾和胡德夫合作一次，那首詩叫做〈記憶〉，裡頭寫到每個人心裡頭都有地平線與水平線、有美麗的海與山和樹。

我想，接下來我們來聽胡德夫演唱的〈記憶〉。這首歌很特別，歌詞照我的原詩一字未改。這首詩共四段，水平線兩段、地平線兩段，字數一樣多，而音調重疊。接下來請播放這首以通行中文寫成的〈記憶〉，透過胡德夫自己作曲、自己演唱，他的聲音渾厚，聽起來很好聽。

〈記憶〉：

在每個人的腦海裡
存在著地平線
未被污染的原野
盤旋在其上的雀鳥

雲在樹林間緩慢走動
放映藍天的故事
遠方旅人的信息寄託飄飛的葉片

風奏鳴著季節的場景

在每個人的胸臆中
存在著水平線
未被污染的海洋
優游在其中的魚群

船舶在防波堤外航行而過
描繪著碧海的情節
遠洋遊子的訊息夾帶翻滾的浪花
雨合唱著歲月的足跡

這是胡德夫原曲、自彈自唱的〈記憶〉。唱出每個小孩子心目中美麗的風景。

我剛才講到，在臺灣語言形成的過程，都受到語文政策的影響，在臺灣特殊的歷史構造裡，我們的語文受到傷害，大多無法很熟練或習慣地使用自己的原生母語。我覺得每一個國家、每一個文明，都應該去珍惜每一種文化，文化的多樣化往往和政治所要求的意義不一樣，若無法尊重文化的多樣化，便無法體現民主價值。許多進步國家會想辦法保護文化的多樣性，像是如果我們到美國，在某些特殊的條件底下，通行台語說不定也能得到保護與使用權。

我在一九九六年時，想著以漢字台文來寫作，那時我有出一片CD叫做《一個臺灣詩人的心聲告白》，收錄二十一首詩，我用漢字台語處理，由上揚唱片發行。我們現在來聽裡面的一首〈心聲〉，記得這片CD上配有一位畫家的圖，還有我的手稿，勉強可以說是我的漢字台文詩集，我一直希望這兩年能夠再出版一本漢字台文的詩集，說不定叫做《美麗島詩歌》之類的書名。我的歌很多都使用通行台語，因為我覺得在音樂裡，通行台語可能比中文還要適合。就像我去各地演講時，也是盡量用台語演講，因為我覺得用台語比用華語適切。德國魯爾大學有位研究生寫過我的論文，後來當我到德國時，這片CD在科隆的德國之聲亞洲部曾對亞洲廣播。我當時出片這片CD的想法是，CD的好處是可以在車上聽，而不需用讀的，用聽的比用眼睛讀的還要輕鬆。

〈心聲〉：

我只歌頌土地
如果我只會當愛一個對象

就是你
——咱的島嶼

我只呵咾自然
如果我必為愛獻身
一定是為繁茂的草木
鳥的歌聲

我夢想
佇島嶼的海邊
臺灣的囝仔佇彼歡唱
視野無限寬闊

我夢想
佇島嶼的山頂
臺灣的囝仔佇彼在跳躍

伸手會當挽到天頂的星

我夢想
佇島嶼的鄉村
臺灣的囝仔佇彼在成長
從自然中學習生命的律動

我夢想
佇島嶼的都市
臺灣的囝仔佇彼在勇壯
新的秩序佇恁手中開創

島嶼的航程佮方向
是為著這款的夢想
咱流過的血佮汗
也是為這款的希望

編織夢想
描繪希望
為著綠色和平的島嶼
──臺灣

有很多朋友不曾讀過台文，聽 CD 對他們來講相對比較輕鬆。我從 1984 年一直到去年，陸陸續續寫了二十多首詩和歌的合作，其中和蕭泰然合作最多，大概都有交響樂團的伴奏。

我認為詩的推廣方面，我喜歡擔任詩的信使，就像是扮演詩的郵差的角色。有一部關於聶魯達的電影就叫做《郵差》，信件能夠傳達給人一些信息。我到現在還是用手寫信，如果一日未收到信，就會感到有點寂寞。我每天都會收到各式各樣的信件，若是沒收到信件，就會覺得和外部的連繫好像中斷了，而感到悵然若失，所以我非常喜愛寫信。去年我還有出版一本明信片詩集，將我到世界各地旅行，以自己的攝影配上詩作，每張相片上頭有一首詩，可讓人撕下來寄信。外國也有類似這種詩集，我不好意思在別人的攝影作品上頭放自己的詩，所以就在自己的攝影作品上頭放詩。我很喜歡寫信，所以想要做一位詩的信使。我透過各種方法，將外國的詩介紹給大家，那也算是一種信使。我做為一位信使的角色，介紹臺灣的詩、介紹外國的詩、介紹音樂，或者用其他的方式介紹像明信片，讓人們可以寫信寄給別人。

兩年前，我在上揚唱片出版了〈天佑臺灣〉，作曲家李欣芸曾經受到金馬獎和金曲獎的肯定，裡面我使用通行台文與中文書寫，然後又請人翻譯成客語和阿美語，用四種不同語言唱〈天佑臺灣〉。等一下我們聽第一首用通行台語唱的〈天佑臺灣〉，台語男聲版詹宏達所演唱。

〈天佑臺灣〉：

上天保庇／美麗臺灣 Formosa
阮（咱）作伙徛佇這／全心守護伊
綠色的山／藍色的海
這是你我的國家
美麗的 Formosa　美麗的 Formosa
上天保庇／阮（咱）攏愛伊

接下下來應該保留一些時間與大家對話。最後我來唸一首詩，是我最近的一本詩集，其實也不是很新的《自白書》裡頭的序詩，詩名就叫做〈自白書〉：

我的朋友
以一本詩集為誌
結束詩人生涯

他說
有些詩人
讓人感到羞恥
他的感想和我一樣
但我選擇
繼續寫詩的道路
為了詩
我顫慄的舌尖

在意義的黑夜觸探

這樣的想法
有時候
讓我難為情

我害怕
現實的陷阱
道德的怯儒

孤獨地仰望星星
面對廣漠世界
我也尋求慰藉

在草地上
想像地心火紅的岩漿

是我心靈的故鄉

詩
其實是
自己面對自己的備忘錄

每一本詩集
都是自白書
向歷史告解

人生的罪與罰
愛與歡樂
種植在心田的言言之樹

飄蕩在風中
寂寞或憂傷的

聲音

我

以一本新詩集

開始

我希望能夠繼續寫詩，不會對詩感到失望。希望透過詩、透過詩的解釋、詩的介紹、也透過延伸的文論和社會批評，去追求文明的價值，這種文明的價值是文化的價值，它比政治所追求的更為廣闊，並希望這種文明價值能夠影響政治。

今天，很高興在這裡和各位交談。等一下若還有時間，可以播放 2001 年在國家音樂廳首演時錄製的〈啊！福爾摩沙——為殉難者的鎮想曲〉最後一個樂章：美麗的國度。多謝大家。

九、問與答

瑞　我們今天很幸運，颱風要來不來從臺灣旁邊掠過，在這樣的下午時光，我們能夠邀請到戰後出生的第一代詩人李敏勇先生。到今天為止，他一直在為詩、為自己的理想而努力。今天，他介紹自己一步一步走過來的跡跡，裡頭有詩、有音樂，有台語、有通行中文，表達他身為一位詩人那種很深的愛，相信他所說的一切，能夠讓各位朋友得到一些啟示。我們若喜愛文學，就要有這種熱情，我們若喜愛詩，就應該去為它做一些事情。而這些事情最終將回到自身，使得我們更加幸福與快樂。

問 最近比較熱門的是有關台語符號寫作的問題，不曉得老師對台語符號寫作有何看法？以後會不會看到老師用台語符號來寫作？

李 台語的文字化現在還有很多不同的主張，尚未有所謂的定論。我個人到目前為止只能夠以漢字台文書寫，我的想法不一定符合臺灣現在的發展。我認為漢字韓文與漢字日文可說是先知先覺，他們在漢字文化圈裡頭去發展出非漢字文化圈的系統，他們有拼音的特性，也有選擇使用漢字的彈性，當然這有他們存在的背景。而東南亞大多為歐洲的殖民地，因此受羅馬字影響較深。我個人沒有資格針對台語文來發言，但我會盡所能去做，原本今年打算出版台語詩集《美麗島詩歌》（已由玉山社出版），收錄我寫的詩與歌，到目前為止，我還只是個學習者，我是個運動的產物，但不是創造歷史的語文運動者。

問 想請問李老師您如何翻譯外國人的作品？

李 我常在想翻譯是種不可能的可能，我覺得我們在讀中文和台文也是一種翻譯的過程。我通常是以閱讀的角度去翻譯，自一九七〇年代開始，為了自己的學習我就開始收集。我很喜愛旅行，最長紀錄曾和我太太到海外旅行五、六個禮拜。我到世界各地旅行，都會去找當地書店英語翻譯的各國詩集。比如說到舊金山我會去「城市之光」，到紐約我會去哥倫比亞大學旁邊的書店去找詩集，這些詩集帶回臺灣就成了我的功課。我會準備一本筆記本，我邊閱讀邊用通行中文做筆記。有人說翻譯是種不可能的事，但是這種不可能的事卻一直有人在做。愈多人翻譯可以讓大家做比較，這當中也許會有誤讀，這也是人家說翻譯是種再創作的原因，翻譯不可能百分之百，這無損於原作的價值，但是一定有值得我們參考的地方。這主要是我在摩練自己的方法。

問　老師在二〇〇七年曾獲得「國家文藝獎」，這個獎對老師來說，有什麼特別的意義？可否教讀者如何讀出詩的涵義？

李　二〇〇七年獲得「國家文藝獎」對我來說是個意外，推薦我的是當時的國立臺灣文學館。我記得那次被提名者包括吳晟在內共五人，那時說要被推薦者自己準備資料寄到國藝會，我回應說若要推薦我，千萬不要叫我自己寄資料去評審的地方，因為我不喜歡做這樣的事情。我對自己報名爭取文學成就獎，相當不以為然。我心裡想就算了。但後來得到這個獎。

我自己曾說過，在一九八七到二〇〇七這二十年間，我要同時從事文學創作、社會運動和職場的工作。而二〇〇七年之後，社會運動裡頭的基金會董事長的職務我都辭職換人做。二〇〇七年之前，我曾經同時有三個基金會董事長的職務，一個是鄭南榕基金會董事長，一個是臺灣和平基金會董事長，一個是現代學術研究基金會董事長，我通通交接給其他人。這些職務交接之後，在那一年得到「國家文藝獎」，對我來說是意外與偶然。六十歲過後的二十年，我覺得更應該以文學為中心。至於社會運動裡頭的職務，應該世代交替給更多年輕人。

詩和其他文類相較，散文、小說這些文類閱讀人口較多，詩的閱讀人口較少。這是一種很矛盾的事情，對我來講，讀詩比讀其他文類簡單。由於時間與空間的緣故，詩你可以讀一首，又翻到前面重新讀一篇，相對來說，小說必須從頭讀到尾，比較受到時空的限制。

那為什麼詩會變得難以被閱讀？我想，因為臺灣特殊語言的構造，政治和語言的不連續，我們臺灣缺乏詩的教育的過程，詩沒有進入我們的生活傳統。我們每個人多少都可以讀幾首古詩，因為我們化傳統的保守性，傳統古詩就算讀不懂，我們也不敢說不讀。但對於現代詩卻不大想讀，藉口是讀不懂，並不會因此而感到心理負擔，也不怕別人說你怎麼不讀，你會認為是別人的問題，不是本身的問題。外國的情形正好和我們相反，他們往往最長銷的書是詩集，因為它很簡單，但這種簡單有些細微的原則，詩裡藏有某些暗示，而去解讀暗示的過程中那把鑰匙很重要。最近有人向我討手稿，我寫一首〈詩之為詩〉給他：

不寫詩
詩在心裡
跳動
在血管
流轉

下筆
死去的生命
在紙頁
復活

細心的閱讀人
知道
怎樣在語字裡

比如說米洛茲寫「挺身站起」，意思就是沒有屈辱的生活。看見遠處有藍色的海和帆，那就代表一種自由。詩和小說、散文或者我們說話時那種清晰感不同。

當然，有些詩無法閱讀，像是醉鬼狂歌就無法閱讀。有時候是詩本身的問題，有時候是我們讀者的問題。有很多詩裡頭隱藏有許多美的東西，詩的形式簡短，但就像咖啡一樣，必須經過沖泡煮才能成為人們喝的飲料。我真希望詩集能像其他物品一樣，置放於超市裡頭任人選購。無論如何，我覺得不讀詩的人，在他的生活中有某種程度的不幸。

問　您未來有什麼計畫，一起與我們的年輕人建設美麗、和平的臺灣？

李　我覺得對生命有一種價值、對文明有一種價值，就是人們擁有自由的共同體，就是國家優美的所在。國家的圍牆不是為了隔開他人，而是為了守護我們的某些價值。政治必須有某種程度的文化價值，而我們每個人要用行動去保護這種價值。

問　請問老師，在您追尋詩的過程中，是否曾有顧慮或遲疑？

李　現實的條件往往會成為你要從事什麼工作的考量。我從一開始寫詩時，就不曾把它當做賺錢的工具，所以我必須找一份工作謀生。有工作當然會影響寫詩和創作，但有了工作之後，反而讓我覺得在創作時擁有更多自由的空間，不必為了寫什麼或者不寫什麼傷腦筋。我覺得臺灣社會一直在變化，由七〇年代一路走來到如今，臺灣已擁有高度的自由。我們現在不會像八〇年代那樣，有位政大學生質疑蔣經國，為什麼不用申報所得稅而被抓去關，但是心理上多少會覺得害怕。那種感覺不見得是政治上的壓力，有時候是害怕社會上的眼光，覺得你這個人怎麼和別人不一樣。回過頭來看，詩裡藏有許多秘密，你在詩裡頭可以比生活中得到更多的自由，在詩的行為裡它的尺度更寬，在文學裡你可以展現一個摧毀帝國的想法，但現實中不一定辦得到，我覺得寫詩也許可以找到生命的出口。

問　我很喜歡您在《自由時報》寫的短評，我的剪貼簿貼了好幾篇，覺得裡頭的文字很有詩的特質。之前我不知道老師是詩人，後來在網路上看到您寫的一首詩，還特地和朋友分享。從您的文字裡看到不慍不火的特色，我覺得老師一路走來始終如一。因為隨著大環境改變，很多人開始動搖。我想請問，是什麼樣的信念維持您的國家認同一直不變？

李　在臺灣，詩的讀者比其他文類的讀者都還要少。我在《自由時報》的專欄，自1999年5月寫到現在，包括我出國時在海外，我一樣傳真回來。當時，同時間有四、五個專欄，在長途飛行的旅途中，有時即使別人在睡覺，我一樣打開燈寫稿。事實上，如果沒遇到亂流，在飛機上是很平靜的。我發現，有許多人認識我是經由報紙這個媒介。以前除了《自由時報》外，我在《民眾日報》、《臺灣時報》、《臺灣日報》、《自立晚報》、《首都早報》等地方都有專欄以及一些雜誌。《聯合報》的文化版也曾請我寫專欄，我告訴對方，你們請我寫專欄有可能維持多久？結果我們那一批寫三個月之後，都同時被停掉。我由詩人的位置發展出書寫社會批評、文明批評，我比較喜歡用文明批評的角度去追求，我相信人類的理性和感性，向著文明的價值去發展，文明的價值反應在政治上就是民主化，反應在經濟上就是福祉化，反應在文化上就是優質化，這些是我以評論去追求國家認同的標準。我愛的國家不是國家主義的國家，而是適當生活的共同體。我們每個人都有兩個共同體，一個是家庭，家庭是最小的社會單位，第二個共同體就是國家。這兩個共同體都有適當的範圍，也讓我們能適度和別人交往。主張國家主義的人，會允許自己國家去壓迫其他國家。我有一首詩叫做〈國家〉，我寫說我的國家藏在我的心裡，沒有鐵絲網、沒有警戒兵，用樹葉編織國旗，用花做成國徽，用鳥的聲音當做國歌，我們島嶼的樹都插成國旗。我所寫的國家是我心目中理想國家的典型。

問　我是一個喜歡讀詩的人，跟一般人比起來，我比較喜歡讀《笠》詩社的詩，因為它關注我們的土地、我們的社會，在文化上來講它比較有實用性。我覺得一般人對文學有些誤解，認為詩都是在寫偏向個人情感的東西。比較少讀詩的人，對詩的印象大多來自學校教學，而課本裡收錄的詩多為余光中、鄭愁予等人的詩。相對來講，書寫土地的詩較少受到重視，請問老師的看法？

李　好的詩也許會被埋沒，但不好的詩一定會被淘汰。在臺灣的文學競爭裡面，有一種政治介入的不公平，原因是臺灣的國家發展還未正常化，因為文化偏見和社會流行，有些情況則是商業出版機制的影響。只要能夠賣錢的書，即使和出版社老闆意識形態不同，他也願意出。但不管怎麼說，若要寫詩一定要嘗試忍受寂寞。臺灣有很多詩人，在台灣被說得如何了不起，不過拿到國際上去比較，就顯得一點都不重要。外國人對詩人的評價，在於內部優異的文學條件，另外會看他詩裡所指涉的精神，所以外國人看臺灣的詩，會看詩裡頭的歷史與社會情境。文學有多種可能，即使正常國家也會有時代的變化，詩人在每個不同的時期，都會受到那個世代不同的影響。我常對《笠》詩社的朋友說，雖然每個團體有他們的特性，但每位作者最終都會進入個人性，要放在美學、倫理的天平上接受檢驗。現今臺灣有許多詩團體，看起來競爭非常激烈，但若把他們的作品拿到國際上，翻譯成別種語文，別人如何看待、是否會欣賞是很重要的。我們必須學習產生閱讀的關照與同情的理解，也必須養成評論的尺度，無論你要寫作或欣賞，都要找出一條屬於自己的路。

問　現今的年輕人多數時間都在使用電腦，請問要如何引起他們對詩的興趣？

李　現今很多人有閱讀的障礙，如果我們上課都是在家裡用電腦看，閱讀會變得比較圖像化。日本人在二十年前就有文化評論家以電視問題一億人口白癡化，批評大家都在看電視。我認為書寫必須由我們生活週邊開始，現在很多阿嬤跟著孫子說通行華語。我說個笑話，我兩個女兒進幼稚園之前，都不會說通行華語，只會說福台話，我覺得如果進入學校之後再去學母語不可能學得好。幼稚園老師曾對我太太說，妳的孩子學習能力好像有問題，其實是她聽不太懂華語的緣故。不過，經過一個月左右，華語的能力就沒什麼問題。書寫是一種對語言確定性的條件，要使得語言確定下來，書寫是一項必要的工作，書寫也是一種文明的價值。像我這種不會使用電腦的一代，若站在科技的觀點來看，也許是落伍也說不定。我覺得人存在的價值，並不是科技發展到極端所追求的東西。

問　可否建議幾本適合國中學生閱讀的詩集？

李　我覺得苗栗卓蘭的詩人詹冰的《綠血球》，和另一位詩人楊喚的作品都很適合放入中學的課本。我曾擔任教育部青少年文學讀本的總召，一共編了十二本，裡頭也收錄一些詩。我女兒小的時候，我曾經寫了一本《父親寫給女兒的童話詩》，一直未出版（《螢火蟲的亮光》及《有橄欖樹的風景》已由春暉出版）。二〇〇〇—二〇〇一我在圓神出版機構擔任社長時，曾經想過請每位臺灣作家為臺灣孩子寫一本書，但直到離開都未曾實現。

問　老師剛剛提到拯救語言。我認為拯救語言，應該包括拯救媒體誤用的情形，您覺得呢？

李 這個社會，商業和政治都有一種權力的企圖，都會使用語言去欺騙大家，政治和商業有發言權，像廣告就是用錢去買發言一樣，文化相對而言沒有發言權，所以文化、語言好的部分難以發展。大家有樣學樣，在廣告裡頭說著美麗的謊言。要改變這種現象，必須依靠社會上某種批評的論述。我認為文化方面的東西，最好不要依靠政治的力量，而是藉著教育人格養成的目標。民主是學習的過程，我們的社會缺乏文明的批評，教育有時也向社會的勢力屈服。我們可以透過選擇性的機制，選擇好的、拋棄壞的。社會是一個活性化的過程，並非現在好就永遠好、現在壞就永遠壞。社會是每個生活在其中的人，每天去形成一個社會現實。愈多人往好的方向前進，就會變得更好，愈多人往壞的方向走，就變得更壞。這就是為什麼有時高度文明會滅亡，而壞的東西也會復興的原因。

瑞 我們掌聲謝謝李敏勇先生，如果有書要請他簽名的，請到前面來。

（記錄整理：陳金順）

原刊《人生理想的追尋與實踐》為台灣文學館府城講壇2011的演講

國家圖書館出版品預行編目資料

告白與批評 / 李敏勇著. -- 初版. -- 高雄市 : 春暉, 2017.10
面 ; 公分
ISBN 978-986-95341-5-4(平裝)
1.詩評
812.18 106016715

告白與批評

著　　者：李敏勇

發 行 人：陳坤崙
出 版 者：春暉出版社
地址／高雄市苓雅區正義路 3 巷 8 號
電話／(07)7491497．0933651705
傳真／(07)7493138．(07)7238590
郵撥／04062209 陳坤崙帳戶
法律顧問：郭憲彰律師、陳三兒律師
登 記 證：新聞局版台業字第 2154 號

出版日期：2017 年 10 月初版第一刷
定　　價：320 元